D1003088

L'ALBUM MULTICOLORE

Poésie

Plus haut que les flammes, Le Noroît, 2010.

Une écharde sous ton ongle, Le Noroît, 2004.

Les mots secrets, La courte échelle, 2002.

Tout près, Le Noroît, 1998.

Noir déjà, Le Noroît, 1993.

Bonheur, Remue-ménage, 1988.

Quand on a une langue on peut aller à Rome (avec Normand de Bellefeuille), La Nouvelle Barre du jour, 1986.

Chambres, Remue-ménage, 1986.

Où, La Nouvelle Barre du jour, 1984.

La peau familière, Remue-ménage, 1983.

Fiction

L'été funambule, XYZ, 2008.

Tout comme elle, Québec Amérique, 2006.

La Voie lactée, XYZ, 2001.

La memoria, XYZ, 1996.

Si Cendrillon pouvait mourir (collectif), Remue-ménage, 1980.

Essai

Sexuation, espace, écriture: la littérature québécoise en transformation (avec Jaap Lintvelt et Janet M. Paterson), Nota bene, 2002.

Stratégies du vertige. Trois poètes: Nicole Brossard, Madeleine Gagnon, France Théoret, Remue-ménage, 1989.

La théorie, un dimanche (avec Louky Bersianik, Nicole Brossard, Louise Cotnoir, Gail Scott et France Théoret), Remue-ménage, 1988.

Louise Dupré

L'ALBUM MULTICOLORE

HÉLIOTROPE

Héliotrope
4067, boulevard Saint-Laurent
Atelier 400
Montréal (Québec)
H2W 1Y7
www.editionsheliotrope.com

Maquette de couverture et photo : Jean-Paul Corbeil et Antoine Fortin
Maquette intérieure et mise en page : Yolande Martel

Catalogage avant publication de Bibliothèque et Archives nationales
du Québec et Bibliothèque et Archives Canada

Dupré, Louise, 1949-

    L'album multicolore

    ISBN 978-2-923975-37-5

    1. Dupré, Louise, 1949- – Famille – Romans, nouvelles, etc. I. Titre.

PS8557.U66A62 2014   C843'.54   C2014-940211-2
PS9557.U66A62 2014

Dépôt légal : 1er trimestre 2014
Bibliothèque et Archives nationales du Québec

Les Éditions Héliotrope remercient de leur soutien financier le Conseil
des Arts du Canada, le Fonds du livre du Canada et la Société de déve-
loppement des entreprises culturelles du Québec (SODEC).
Les Éditions Héliotrope bénéficient du Programme de crédit d'impôt
pour l'édition de livres du gouvernement du Québec, géré par la SODEC.

IMPRIMÉ AU CANADA EN MARS 2014

À ma famille,
en mémoire de Cécile

I

UNE ODEUR DE CHRYSANTHÈMES

Je la regarde dans son lit, blanche, aussi blanche que le drap. Elle vient de mourir, ma mère, et je ne le crois pas. À côté de moi, l'infirmier, incrédule lui aussi. Il y a une heure à peine, il m'a parlé d'un protocole qui s'imposerait bientôt, durant la phase de détresse respiratoire. *Détresse,* j'ai reçu le mot comme un coup de poing. *Détresse.* Au fond de son sommeil, peut-être a-t-elle entendu, peut-être a-t-elle décidé de nous quitter avant. Je suis soulagée, c'est le sentiment que j'éprouve devant ma mère, le visage apaisé, encore tiède, comme si elle était plongée dans un rêve heureux.

Durant la soirée, la douleur s'était jetée sur elle telle une bête, elle s'était mise à lui dévorer les viscères. J'avais demandé à l'infirmière d'appeler le médecin. Il avait consenti à augmenter la dose de morphine, on ne laisse pas une femme de quatre-vingt-dix-sept ans mourir dans la souffrance. Elle avait fini par s'assoupir. Debout à son chevet, j'ai pleuré sur elle, pleuré sur les milliards d'êtres vivants, humains de toutes les races, animaux de toutes les espèces qui, depuis que le monde est monde, sont morts au bout de la douleur. Qui est ce Dieu qu'on suppose infiniment bon et aimable?

Je caresse le visage de ma mère. Il faut parler aux personnes qui viennent de mourir, ai-je entendu dire. La conscience n'est pas comme le cœur qui tout à coup s'arrête, elle s'efface doucement. Cette croyance a-t-elle des fondements? Je l'ignore, mais je parle à ma mère, je lui dis que je l'aime, c'est plus facile pour moi que quand elle était vivante, elle n'a jamais apprécié les grandes effusions. Sauf ces dernières semaines. Elle arrivait plus mal à se contenir, elle souriait lorsque je la serrais dans mes bras, elle se laissait border le soir, au moment du coucher.

J'attends mes deux frères, ils ne devraient pas tarder. Il y a quelques minutes, je les ai réveillés. Je n'ai pas eu à leur donner d'explications, la sonnerie du téléphone a suffi. L'infirmier me demande s'il doit replacer ma mère dans le lit. Non, pas de mise en scène. Qu'elle conserve sa position, que mes frères la voient telle que je l'ai vue. Il sort et la chambre retourne à son silence. Je peux enfin penser à ma mère, je peux penser à sa mort. Longtemps j'ai imaginé un scénario théâtral. Elle me regarde, je lui tiens la main, c'est dans une conscience absolue qu'elle pousse son dernier soupir. Je n'aurais jamais cru que la mort puisse être d'une telle banalité. On reçoit une injection de morphine et on s'endort, comme après une rude journée.

Après, qui est-on ? Une âme, un fantôme, un corps dépossédé, une ombre, un portrait qui se brouille peu à peu, un souvenir, un nom inscrit sur une pierre tombale ? Je ne peux détacher mes yeux du visage maintenant sans rides de ma mère. Les traces du temps vivant se sont effacées. À la faveur de la nuit glaciale, je me laisse glisser avec elle dans un temps parfaitement lisse. Statufié.

Je veille ma mère morte, suis-je la seule à veiller ici ? Tout à l'heure, au moment de la morphine, en remontant le corridor noir jusqu'au poste de garde, j'ai aperçu une jeune femme par une porte entrouverte, elle écrivait dans son lit. On pouvait donc écrire ici, dans le silence lourd de ce département postopératoire. J'ai apporté cette image avec moi, comme si elle pouvait me donner du courage.

L'étape du courage est maintenant terminée. Ne plus voir ma mère souffrir comme elle a souffert dans la soirée, c'est la seule réalité qui me fait accepter sa mort, c'est ma consolation. À la fin de l'après-midi, le médecin avait prédit une péritonite, voilà sans doute ce qui est arrivé. Mais nous n'en aurons pas l'assurance, il n'y aura pas d'autopsie. Son corps se décomposera en paix, au cimetière, près de celui de mon père. Toute notre enfance sous une même pierre tombale.

Je pense à nous, les enfants de ma mère, comme à un bloc indivisible. *Les enfants*, avait-elle l'habitude de dire, même quand nous sommes devenus grands, en nous réunissant tous les trois dans une même image. Elle nous a aimés d'un amour de femme qui avait ardemment désiré des enfants. Et nous avons passionnément aimé notre mère, c'est ce qui importe dans la lumière blafarde de notre dernière intimité. Les irritations, les malentendus, les petites colères, les impatiences que j'ai pu avoir à son égard, au fil des ans, ont disparu, comme les rides de son visage. C'est une mère parfaite qui refroidit peu à peu dans le lit blanc.

Je voudrais que mes frères n'arrivent pas, je voudrais qu'on ne vienne pas chercher ma mère. Rester seule près d'elle pour l'éternité. Je ne pleure plus, je suis dans la stupeur. Ce n'est pas l'absence, ma mère est là, bien présente dans cette mort que j'ai appelée toute la soirée. L'absence, elle s'installera peu à peu, sournoisement, quand le corps de ma mère me sera enlevé. Je m'y attends. Depuis novembre, je m'y prépare pour éviter le pire. La maladie, par exemple. Tant de femmes tombent malades après la mort de leur mère. Mon corps sera-t-il capable d'absorber le deuil ?

Un grincement tout à coup, on pousse la porte. Mes frères, la pièce reprend vie. Nous sommes ensemble, de nouveau, comme il y a cinquante ans, ma mère au milieu de nous. Peut-être nous entend-elle, peut-être nos voix lui arrivent-elles de très loin, dans un brouillard. Nous la veillerons jusqu'à ce qu'on vienne nous la prendre. Il faut laisser les cadavres dans la chambre deux heures après le constat de décès, la loi l'impose. Au cas où ils ne seraient pas vraiment morts ? Au cas où ils ressusciteraient ? Le médecin n'est pas encore passé. Tant mieux, nous aurons notre mère à nous jusqu'à l'aube.

Pas un bruit sur l'étage, les patients semblent tous dormir, nous parlons d'elle à voix basse, nous nous rappelons des souvenirs. Puis nous en venons à discuter des funérailles, faut-il opter pour un service religieux ou une cérémonie laïque, voulait-elle être enterrée? Incinérée? Ses dernières volontés, nous ne les connaissons pas. Durant les longues journées que j'avais passées avec elle les semaines précédentes, j'avais essayé de savoir. Je n'avais rien appris, mes propos étaient sans doute restés trop vagues, mais est-ce qu'on peut poser des questions directes à quelqu'un qui déjà n'est plus qu'une ombre? Pas moi, pas moi à cette mère-là.

Comme si elle avait lu dans mes pensées, elle affirmait en prenant son thé, *Dans moins de trois ans, je serai centenaire.* Et je hochais la tête, j'essayais de le croire moi aussi. Mais bien vite ma foi laissait place à l'inquiétude. Depuis l'été, elle déclinait rapidement, comment serait-elle dans quelques mois? Vivrait-elle jusqu'à plus de cent ans, comme ces mortes-vivantes à la une des journaux?

Mes frères semblent soulagés eux aussi. Désirer que la mort vienne est parfois un acte d'amour. Nous racontons des anecdotes de l'époque lointaine où elle était notre mère toute-puissante, puis nous nous approchons à tour de rôle du lit, nous la caressons, nous l'embrassons. Nous sommes redevenus sa nichée, ses oisillons attendant la becquée quotidienne. Pas pour longtemps. Le médecin vient nous arracher à notre enfance, il nous demande de sortir, il veut procéder au constat de décès.

Notre mère est bel et bien morte, le médecin confirme ce que nous savons. Il remet son alliance à l'un de mes frères, qui me la tend. Je la glisse à mon doigt et je serre le poing. L'impression qu'une autre vie vient de pénétrer dans mes veines. Je me sens prête à affronter seule la réalité. Pour la première fois, j'entrevois ma propre mort dans un lit d'hôpital par une nuit glaciale de décembre. Mais aucun vertige chez moi, aucune tristesse. Je demande simplement de la force, la force nécessaire pour faire face à la cassure du temps.

Je me suis levée ce matin avec le sentiment d'avoir vécu à côté de ma mère sans la connaître, sans savoir qui elle était avant de devenir ma mère. *Avant*, durant l'enfance, l'adolescence, les études chez les sœurs de la Congrégation Notre-Dame, ses premières amours, son travail au bureau, son séjour à Toronto, ses fréquentations avec mon père, le début de son mariage. Tous ces moments d'une vie qui se juxtaposent, se complètent, peuvent se heurter parfois mais, si on les fait entrer dans un cadre, en viennent à former un portrait plus ou moins cohérent. Je suis allée chercher mon ordinateur, je l'ai apporté dans mon lit et j'ai commencé ce récit. «L'écriture est ma prière à moi. L'écriture est ma prière aux morts», affirme Madeleine Gagnon. Prière de la main gauche, qui ouvre lentement une blessure secrète, enfouie dans le silence. Pour moi qui ne sais plus prier depuis longtemps, est-ce qu'écrire me donnera une intériorité que certains appellent *la foi*?

Je suis bien la fille de ma mère. Elle ne croyait pas en Dieu. Son père non plus. Souvenir de mes cinq ans. Le médecin vient de partir, ma grand-mère a les yeux rougis. *Il faut faire venir le curé*, dit-elle. Ma mère fait oui de la tête, elle ne sait pas que j'écoute, elle n'a pas le temps de me prêter attention. J'entends *hémorragie*, ce doit être un mot terrible puisqu'elle dit tout de suite après, *Il va mourir*. Je suis sage, je joue avec mes petits frères sans pleurer. Ma mère se promène entre la salle de bains et la chambre où mon grand-père est couché, il vomit du sang, nous n'avons pas le droit d'aller le déranger. Nous restons dans le salon. Tout à coup, on entend frapper à la porte, un homme en longue robe noire entre, c'est un prêtre, je le sais, je vais à la messe le dimanche. Il pénètre dans la chambre, puis je le vois ressortir à peine quelques minutes plus tard, mon grand-père a refusé de recevoir les derniers sacrements. Il a vécu sans Dieu, il va mourir sans Dieu.

Ma mère avait passé ses quatre dernières décennies sans Dieu. Et pourtant, peu avant sa mort, lors de certains moments de lucidité, elle s'interrogeait.

Il m'est arrivé de lui répondre que oui, peut-être notre âme nous survivrait-elle, peut-être. Qu'est-ce qu'on en sait? Mais les joues me rosissaient, comme quand, toute petite, je lui racontais des mensonges. L'enfance n'est jamais loin lorsqu'on se trouve devant sa mère.

Longtemps j'ai cru qu'il me serait plus facile d'écrire sur elle après sa mort. Je ne craindrais plus de lui faire du chagrin, je n'aurais plus à la protéger. Je pourrais alors dire la vérité dans tout son dénuement. Mais qu'est-ce que la vérité? Je voudrais coller le plus possible aux faits, rendre intact son souvenir, la faire revivre dans ses moindres gestes, ses moindres paroles. Avec ses grandes et petites convictions. Si je m'avouais la vérité, justement, j'admettrais que je tente l'impossible. Il y a chez moi un aveuglement. Et pourtant, je persiste, je m'enfonce dans mon aveuglement.

Je me demande pour qui j'écrirai ce récit. Pour ma fille, mon petit-fils, mes frères et mes belles-sœurs, mes neveux, ma nièce? Mais la femme que j'ai vue mourir ne sera jamais que ma mère à moi. Cela, je l'ai ressenti, de façon violente parfois, au cours des mois où nous l'avons accompagnée, chacun à notre tour. Et même bien avant. Nous occupions pour elle des places différentes. Elle ne nous tenait pas les mêmes propos à tous les trois, elle ne nous faisait pas les mêmes confidences, taisait à l'un ou à l'autre des aspects de sa santé. Nous aimions croire qu'elle avait des pertes de mémoire. En fait, elle se méfiait de nous. Avec raison. Les signes de sénilité s'accumulaient, nous nous faisions du souci pour elle. Elle le sentait. Il lui arrivait de me téléphoner, en colère contre l'un ou l'autre d'entre nous quand il fallait s'occuper de ses affaires. *Je suis encore capable*, disait-elle. *Qu'est-ce que vous vous mettez dans la tête?* N'est-il pas terrible de penser que, à la fin de la vie, on en vient à considérer comme des adversaires les enfants qu'on a portés, élevés, aimés?

Les dernières semaines, elle ne comprenait pas pourquoi nous tenions à rester près d'elle. Entourée de voisins, de préposés, d'une femme de ménage, de cuisiniers, du gérant, du concierge, du téléphone, de son bouton d'urgence, que pouvait-il lui arriver? Pourquoi avoir peur qu'elle ne trébuche, ne reste plusieurs heures sans secours? *Toi aussi*, me disait-elle, *tu pourrais tomber dans ta salle de bains.* Au début, je lui rappelais son accident cardio-vasculaire, j'insistais, son médecin aussi se montrait inquiet, et si elle se cassait une hanche? Mais chaque fois elle une maison dans une rue avoisinante. Elle avait été élevée là, et nous aussi, ses enfants, après le décès de notre grand-père. Et, comme nous, les plus vieux de ses petits-enfants y avaient dormi, mangé, joué. Mon père décédé, maman était revenue vivre tout près du lieu de sa naissance. Depuis vingt-huit ans, elle habitait dans cet immeuble qu'on avait récemment transformé en résidence pour gens âgés, avec les services habituels, salle à manger, femme de ménage, infirmière.

Sherbrooke, c'était toute sa vie. Elle prononçait le mot à l'anglaise, comme autrefois, quand la ville se rappelait encore ses origines loyalistes. Nous avions quitté la ville tous les trois au seuil de la vie adulte. Le travail nous avait menés ailleurs, mais nous revenions souvent à Sherbrooke lui rendre visite. Elle, elle n'en sortait que pour les grandes occasions, une fête de famille, un enterrement. Chaque fois, c'était un arrachement. Mais le moment approchait où nous devrions la forcer à tout quitter, à venir habiter près de l'un de nous, le moment approchait où nous n'en pourrions plus. Cela la tuerait sans doute. Je chassais cette idée comme les mauvaises pensées de mes douze ans.

La mort de ma mère m'a laissée sans voix, sans tristesse, sans espérance. Comme si on m'avait exilée dans le désert arctique. Me voici condamnée à errer, seule, j'avance dans la blancheur, je tourne en rond dans les lieux exsangues de ma mémoire, incapable de me projeter dans un quelconque avenir. Et je reste des heures durant dans ma chambre, les yeux accrochés à un dessin de Louise Robert. Des traits fins, noirs, des formes pastel, des gribouillis, des taches rosées, on dirait des gouttes de sang délavées, et une fenêtre grise, bouchée, qui ne laisse rien apercevoir du paysage. Puis, en bas du tableau, cette inscription en grosses lettres rouges : « Cela aurait pu être dans un rêve. » Oui, l'impression que cette nuit du 30 décembre 2011 a été un rêve, une invention, une pure fiction. Ma mère n'est pas morte, on ne meurt pas sans avoir fait ses adieux. On prévoit, on prévient, on laisse ses dernières volontés, on dit ce qu'on souhaite comme funérailles. On protège ses enfants, jusqu'au bout on est une mère. Mais si on agit ainsi, c'est qu'on voit venir la mort, qu'on peut la reconnaître.

La capacité de déni de ma mère. Elle avait accouché de ses trois enfants sans douleurs, elle n'avait pas souffert à la ménopause, pas de palpitations ni chaleurs ni malaises. En novembre, elle n'avait pas eu d'accident cardio-vasculaire, elle n'avait aucune difficulté à marcher. Elle me donnait l'ordre de retourner chez moi, elle m'accusait, je voyais tout en noir, j'angoissais inutilement, pourquoi ne pas faire confiance à la vie? Je me sentais bouillir. J'essayais de me contenir. Ne pas éclater, surtout ne pas éclater, ne pas ajouter de la peine à la peine. Est-ce qu'on s'emporte contre une femme acculée à une fenêtre grise, bouchée?

Oui, je suis inquiète, anxieuse, angoissée, ce n'est pas ma plus grande fierté, j'ai mis des années à apprivoiser ce que je suis, ma mère savait exactement comment me piquer. Mais mon inquiétude, je la tenais d'elle. *Sois prudente,* ne cessait-elle de me répéter, même dans ses silences. Il fallait de l'audace pour me reprocher ce qu'elle m'avait transmis. Ou une inconscience certaine. Ou un tel sentiment d'impuissance qu'on ne sait plus ménager ceux qu'on aime. Attaquer, n'est-ce pas la meilleure façon de se défendre?

Elle n'avait pas tort, nous étions devenus des traîtres. Nous ne pouvions tout laisser derrière nous pour passer à tour de rôle des semaines chez elle, elle le reconnaissait parfois dans ses moments de lucidité. Elle avouait alors, d'une voix défaite, *Ça ne pourra pas durer.* Le cœur serré, j'abondais. Quelques minutes plus tard, elle avait oublié. Le lendemain, ce seraient les mêmes mots, les mêmes arguments, le minuscule espoir qu'une phrase s'inscrive enfin dans un repli de sa mémoire. Qu'elle accepte de quitter son appartement.

Je prenais sa tension artérielle, je la lavais, je préparais les repas, je lui coupais sa viande, je lui ordonnais de prendre sa marchette pour aller dans la salle de bains, j'allais la reconduire dans sa chambre au moment de la sieste, je la bordais le soir, je la surveillais la nuit quand elle se levait pour aller aux toilettes, je lui composais le numéro de téléphone de ses amies. Ressurgissaient mes vieux réflexes d'aînée. Surveiller mes petits frères, les amuser, les consoler. Et ce que ma mère appelait *être raisonnable.* Céder, pardonner. J'ai vite appris à faire passer la raison avant les emportements.

Durant les deux mois qu'a duré le déclin de ma mère, j'ai espéré les larmes comme on espère la pluie lors d'une sécheresse. Mais rien. Un engourdissement. Parler, fonctionner, accomplir pareille à une automate les gestes journaliers, donner les soins, le cœur tel un bloc de marbre. J'ai vécu ces deux mois hantée par une image, ma mère qui franchit la porte de son appartement pour la dernière fois, ma mère qui laisse derrière elle les meubles hérités de ses parents, sa machine à coudre à pédale, sa coutellerie en argent, ses bibelots et ses tasses de porcelaine, son piano désaccordé et, au-dessus, une reproduction jaunie des ballerines de Degas, tous ces objets qui avaient vu notre enfance, nos amours, nos premières ruptures, nos inquiétudes de nouveaux parents, nos déceptions. Coupée de son petit monde, ma mère ne serait plus qu'une vieille femme détruite. Et nous aussi nous devrions abandonner notre passé.

Jusqu'au bout, je lui aurai caché la vérité. Le matin de son départ pour Québec, où habite mon frère cadet, j'ai fait appel à tous les rôles que j'avais joués au collège, quand je faisais du théâtre. D'une voix rassurante, je lui ai dit que je devais rentrer chez moi, à Montréal, pour m'occuper de mon petit-fils. Heureusement, mon frère et ma belle-sœur l'invitaient chez eux pour Noël. Le jour de l'an, nous le passerions tous ensemble. Je n'ai pas précisé où aurait lieu la fête. J'ai dû être convaincante, elle a accepté l'idée de bonne grâce, elle a voulu comprendre qu'elle serait bientôt de retour chez elle. Le mensonge avait du bon, elle n'aurait pas l'impression de franchir le seuil de sa porte pour la dernière fois. Mais au moment de partir, dans un sursaut de coquetterie, elle m'a demandé de lui ajuster son béret de mohair sur la tête, puis elle a jeté un long regard dans le miroir de sa chambre, au-dessus de la commode, et elle a chuchoté, *Aujourd'hui, je laisse mon appartement.* Voulait-elle dire *Définitivement*? *Pour quelques jours*? Elle avait peut-être joué le jeu elle aussi. Au fond, elle était sans doute plus lucide que je ne le croyais.

Quand je l'ai embrassée dans l'automobile, j'ignorais que je la retrouverais une semaine plus tard, dans une chambre d'hôpital, bourrée de morphine. J'ignorais qu'elle ne fêterait pas le jour de l'an avec

L'écriture me résiste, jamais elle ne m'a autant résisté. Pudeur, difficulté à accepter la réalité, refus d'avoir perdu ma mère? J'extirpe chaque phrase d'une sorte de brouillard où j'entends l'écho mille fois répercuté de mots que je ne peux saisir, comme s'ils étaient prononcés dans une langue inconnue. Le matin, je m'installe devant mon clavier, et j'attends. Je guette un premier rayon, une lueur, le tremblement d'une suite sonore, le bercement d'un rythme qui éclaire le visage de ma mère, froid et raidi. Prise dans les rets de la mort, il m'est impossible d'écrire. Il me faut combattre l'image de ma mère à jamais séparée de moi, de mes frères, de notre enfance, de notre ville natale. Il me faut m'acharner, tenir tête à l'absence. Chaque matin, je ravive ma mémoire. Chaque matin, je dois accepter de plonger les doigts dans la douleur.

Depuis la nuit du 30 décembre, la vie a pris toute la place, funérailles, remerciements, et puis l'inévitable ménage de l'appartement dont il a fallu rendre les clefs. Je me suis proposée, n'était-ce pas la meilleure façon d'affronter le deuil? J'ai trié, jeté, rempli des boîtes et des boîtes, vêtements, vaisselle, petites choses dont j'étais incapable de me débarrasser. Des choses banales, souvent inutiles, un vieux porte-monnaie, une toile peinte par une voisine, une statuette ébréchée de la Vierge. Et tout à coup, un objet me bouleversait. Le vieux thermos de papa ou ce pot d'olives Gattuso en forme de hibou qui avait servi de tirelire, avait-il appartenu à l'un de mes frères ou à moi? Maman avait du mal à joindre les deux bouts et elle faisait ce qu'elle pouvait pour nous gâter.

À la maison, on avait tardé à avoir le téléphone et la télévision, on comptait le moindre sou. Mon père avait été malade pendant des mois, maman avait dû retirer de l'argent de sa police d'assurance pour rembourser l'hôpital, elle remettait la dette à coup de deux ou trois dollars par mois. Pas de carte-soleil durant les années cinquante, jusqu'à sa mort maman s'est souvenue du temps de Duplessis. Elle s'indignait contre ceux qui voulaient revenir en arrière.

Se faire soigner, se faire instruire, c'était pour elle une question de justice, pas un privilège.

Il avait suffi de cette vieille tirelire et toute une époque avait ressuscité. Celle de la maison familiale, 1re Avenue Nord, où nous étions allés vivre avec ma grand-mère, après la mort de mon grand-père. Une belle maison de deux étages, construite en 1923. Des planchers de chêne, des boiseries en pin de la Colombie-Britannique, des portes vitrées, un jardin où nous pouvions courir, des écureuils, des merles, et une chatte jaune qui, ô miracle!, avait accouché derrière le canapé de velours. Trois petits, dont nous étions fous.

Plus tard, j'aurais voulu habiter un bungalow tout neuf, comme certaines de mes amies. Notre maison était ancienne, les meubles de ma grand-mère, démodés. Ma mère faisait tout de ses mains, robes, manteaux, vestons des garçons, foulards et mitaines, rideaux, nappes, couvre-pieds. Elle n'allait jamais chez la coiffeuse, se donnait elle-même ses permanentes. Chez nous, ça sentait la débrouillardise et les économies. Je n'ai pas oublié. Les problèmes d'argent dans l'enfance, on ne les oublie pas.

On n'était pas riches, mais on était heureux, avait murmuré ma mère un soir, des décennies plus tard, sous la mauvaise lumière du salon. J'avais vite acquiescé pour la rassurer. Ce n'était sans doute pas faux puisque je ne m'étais jamais posé la question. Je n'ai pas cherché ce qu'il y avait sous cette phrase. Ma mère avait grandi dans un certain confort. Son père avait fait construire la maison de la 1re Avenue Nord, il avait acheté une Ford qu'il avait gardée jusqu'à la Crise en 1929. Il lui avait alors fallu choisir entre la maison et l'automobile. Son métier de tailleur lui rapportait moins, mais suffisamment pour faire vivre sa famille.

Les problèmes d'argent, ma mère avait vu ce que ça signifie. Les voisins qui vont tous les jours à la soupe populaire, un ami ruiné, ma grand-mère qui fait des chapeaux pour des petites filles dans la misère. Ma mère elle-même commencerait bientôt à travailler pour un salaire de famine. Elle s'était habituée à compter et elle avait continué. Si elle abordait le sujet avec moi, c'est qu'elle s'était fait du souci pour nous. Il avait dû être difficile d'accepter que ses enfants ne connaissent pas l'aisance dont elle avait joui dans son enfance.

Nous n'étions pas dans la misère, seulement dans la situation de la plupart des enfants d'ouvriers. Nous mangions à tous les repas, nous avions des bottes, des manteaux chauds. L'après-midi, ma mère défaisait de vieux vêtements donnés par les tantes, posait les morceaux à plat sur la table et les découpait en suivant la forme du patron qu'elle venait d'acheter. Quand nous étions enfin dans nos lits le soir, elle soulevait le dessus de sa machine à coudre et nous confectionnait de nouveaux vêtements, qu'elle décorait avec ce qu'elle trouvait, velours, velours côtelé, fourrure. Un petit manteau avec une cape bordée de mouton de perse gris, par exemple, je devais avoir six ans.

Et cette robe rouge à carreaux pour aller en classe, même l'institutrice de première année m'avait fait un compliment. C'était un matin de neige, je m'excusais de n'avoir donné qu'un sou noir pour la Sainte-Enfance, j'apporterais des sous blancs quand mon papa serait guéri. Je me souviens encore clairement de mon malaise, quelque chose comme une honte diffuse. *Tu portes une très belle robe*, m'avait dit Mme G. J'avais répondu que c'était ma maman qui l'avait faite, tout à coup remplie de fierté. Ce n'était pas une politesse, je le sentais, elle cousait très bien, ma mère, elle avait aidé son père, dans sa jeunesse, il avait étudié la couture pendant deux ans à New York.

Ma grand-mère, elle, fabriquait des chapeaux. Elle était modiste. Elle avait de l'imagination, de l'audace, de l'humour, des idées modernes. Au début du vingtième siècle, une jeune fille de bonne famille ne devait pas travailler, c'était mal vu. Mais malgré les objections de sa mère, Léda avait quitté Nicolet pour faire sa vie, comme elle disait, elle était allée s'embaucher dans un magasin à Drummond-ville. Bruno, elle l'avait rencontré là, elle en était tombée follement amoureuse, ils s'étaient mariés. Ils s'entendaient bien, ils avaient tous les deux un métier semblable. Aujourd'hui, ils seraient dans le domaine de la mode, ce serait chic. À l'époque, ces métiers-là n'avaient pas le prestige de maintenant.

On parlait tous les jours de couture, chez nous. Avec ma mère, j'allais choisir des patrons, des coupons en solde, des boutons, du ruban. Elle m'a fait des blouses jusqu'à ses quatre-vingt-cinq ans et, presque jusqu'à la fin, elle s'est confectionné des vêtements. Chacun était imprégné de son histoire, de ses rêves d'élégance et de beauté. Un soir triste de janvier, il a fallu empiler les robes, les jupes et les ensembles dans des boîtes afin de les donner à un organisme de charité. Toutes ces heures de travail ! J'ai essayé de penser aux femmes démunies qui les porteraient, elles en seraient sûrement heureuses. Cette idée ne m'a pas consolée pourtant.

Ce bruit familier, le grincement d'une pédale de machine à coudre qui nous endort, le soir, dans nos draps aux odeurs de corde à linge, combien de personnes l'entendront-elles en me lisant, combien de femmes alors au Québec cousaient tard la nuit? Combien de vêtements donnés par des tantes étaient-ils défaits et refaits chaque année? C'est avec cette machine que ma mère m'a montré à coudre dès que j'ai été assez grande pour ne pas m'enfoncer l'aiguille dans l'index, comme elle l'a montré à ma fille après moi. La machine à coudre est inutilisable maintenant. Et le dessus est fendu, je ne pourrais même pas en faire don à un musée. Mais j'ai été incapable de la mettre aux vidanges, elle vibre encore sous le manque de sommeil de ma mère, de toutes les femmes de cette époque qui voulaient le mieux pour leurs enfants.

La vieille Singer a pris la route de Montréal. Elle repose en paix, chez moi, sous un centre de table brodé à la main par ma grand-mère ou une grand-tante. Elle restera là aussi longtemps que je vivrai.

« Pleurer sa mère, c'est pleurer son enfance », écrit Albert Cohen. Je suis restée accrochée à cette phrase, elle tourne en boucle dans mon crâne. Un trou s'est formé dans le sablier du présent. Je retourne loin en arrière, je retrouve la petite fille brune que j'avais abandonnée derrière moi, celle qui a vécu une enfance sans drame, les années qui s'additionnent, la dinde à Noël, le jambon à Pâques, la tire de la Sainte-Catherine que faisait grand-maman. Les heures passées à jouer avec mes petits frères, et l'inépuisable patience de ma mère, et l'amour de mon grand-père.

Ma mère et mon père étaient allés habiter chez mes grands-parents après leur mariage. La maison de la 1re Avenue Nord a été mon premier foyer. Nous avons vécu là jusqu'à la naissance de mon frère cadet. Mes parents pouvaient sortir le soir, ils me couchaient, puis me confiaient à mon grand-père. À leur retour, j'étais assise sur ses genoux, il me lisait les journaux, disait ma mère. *Il te réveillait, j'en suis sûre.* Sur une photo, il me tient dans ses bras en souriant. C'est la seule photo de l'époque sur laquelle il n'a pas l'air triste. Ma tante est malade, il faut dire, il se fait du souci. Je l'égaie, je lui redonne le goût de vivre, à ce qu'il semble.

Première transgression. Je devrais dormir, mais je veille, je passe la soirée dans la chaleur rassurante de son corps, dans son odeur d'homme usé, les inflexions paisibles de sa voix. Voilà du moins ce que j'imagine. À vrai dire, j'ai presque oublié le timbre de sa voix, ses paroles, ses gestes, sa démarche. Mais pas son visage ni les assiettes qu'il nous préparait, à mes frères et moi, en créant des paysages avec les aliments. Ni les promenades qu'il faisait avec moi.

Après la naissance de mon frère cadet, tous les jours il venait me chercher sur la 9e Avenue. Il m'emmenait au parc Victoria, me montrait les plantes, me racontait des histoires. Ma mère aimait me le rappeler. Comment le savait-elle puisqu'elle restait à la maison? Peut-être qu'elle nous inventait des itinéraires, des conversations, l'intimité qu'elle aurait désirée, enfant, avec son père. *Il a usé deux poussettes à te promener*, répétait-elle, les yeux rêveurs. Quand elle avait deux ans, Léda était redevenue enceinte, elle devait se fatiguer vite, elle qui avait une santé fragile. Ma tante était née, puis ma grand-mère avait subi *la grande opération*. Intervention très risquée à l'époque, l'hystérectomie, l'anxiété devait être palpable dans la maison. Ma mère le ressentait sûrement.

Léda avait survécu. Mais il lui avait fallu une longue convalescence et ma mère avait été envoyée à Nicolet, chez Émilie, sa grand-mère maternelle. Elle y avait passé tout un an. Avait-elle trouvé cette année-là difficile ? Non, elle ne s'était pas ennuyée, m'a-t-elle répondu sous la mauvaise lumière du salon. À Nicolet, il y avait ses tantes, ses cousines, et puis de la vie, de la joie. Elle était allée à l'école même si elle n'avait pas encore six ans. Son père lui avait fait parvenir une belle robe blanche et un voile, pour sa première communion. Elle disait, *Mon père*, et non pas, *Mes parents*.

Mon père, ton grand-père. Combien de fois a-t-elle dit devant moi, *Mon père*, alors qu'elle parlait peu de sa mère ? Pourquoi était-ce lui qui s'occupait de moi, le soir, alors que ma grand-mère était à la maison ?

Il était le centre de la famille et Léda n'en prenait pas ombrage, elle adulait son mari. Comme ma mère d'ailleurs, et comme moi.

Souvenir. Je dois avoir quatre ans, nous sommes dans le jardin derrière la maison. Ma mère veut prendre une photo de nous, ses enfants, avec ses parents. J'ai une belle robe d'été, des bottines blanches, mes frères portent des habits propres, tout le monde a sa tenue du dimanche. Nous nous installons devant la rangée de roses trémières. Elle veut que je me place à côté de ma grand-mère, mais moi je ne veux pas être près d'elle, je veux me mettre à côté de mon grand-père.

Je n'ai jamais appris à aimer ma grand-mère. Elle ne jouait ni avec mes frères ni avec moi. Elle nous trouvait bruyants, elle nous répétait, *Vous allez faire mourir votre mère*. Elle était maladive, nerveuse, elle avait des vertiges, ne sortait jamais seule. Plus tard, beaucoup plus tard, je comprendrais. On lui avait enlevé les ovaires et l'utérus à trente-deux ans. On enlevait tout à l'époque, et on ne donnait pas d'hormones de remplacement.

J'ai compris, mais je ne l'ai pas aimée davantage. Nous, les enfants, ne l'intéressions pas. Elle préférait la compagnie des adultes. Ma mère n'a jamais eu pour elle l'amour qu'elle avait pour son père, ses yeux ne s'illuminaient pas quand surgissait l'image de sa mère, tard le soir, dans la conversation. Elle la défendait, l'excusait, mais elle ne montrait pas l'affection qui lie pour la vie un enfant à l'un de ses parents.

Qu'est-ce que maman aurait répondu si je lui avais demandé si elle avait aimé grand-maman ? Elle aurait dit oui, une fille est incapable d'avouer ne pas avoir aimé la femme qui l'a mise au monde, elle aurait l'impression de se nier, de se détruire. Sauf quand la mère a été si néfaste qu'il faut la tuer en soi pour survivre. Léda n'avait rien de la mauvaise mère, c'était une *mère suffisamment bonne*, selon le terme de Winnicott, une femme qui répond de façon satisfaisante aux besoins de son enfant.

Maman la respectait. Elle était fière que Léda soit partie travailler à Drummondville en défiant Émilie, sa mère, fière qu'elle se soit mariée même si Émilie avait prononcé cette phrase terrible, *Ne viens pas te plaindre ensuite.* C'était une forte tête, Léda. Avait-elle entendu parler du féminisme qui, ces années-là, soufflait sur l'Amérique du Nord ? Dans la cuisine de la 1re Avenue, elle rappelait parfois que ses frères avaient fait leur cours classique alors qu'elles, les filles, avaient à peine une huitième ou une neuvième année. *C'était la règle à l'époque*, répondait ma mère pour l'apaiser, mais ma grand-mère ne s'apaisait pas. Une injustice était une injustice, les filles avaient travaillé à la maison afin que les garçons se fassent instruire. Et leurs frères leur en étaient-ils reconnaissants? Moi, je voyais les choses comme Léda, je m'indignais.

On peut ne pas aimer quelqu'un d'un amour fou, mais lui devoir sa liberté. Dans la ville dormante qu'était alors Sherbrooke, Léda avait donné à ses filles une éducation avant-gardiste. Grâce à elle, j'ai eu les mêmes privilèges que mes frères, je n'ai pas eu à me battre pour aller au collège ni à l'université. Sur les photos, Léda a la mimique d'une femme déterminée et forte, plus forte que mon grand-père, précisait toujours ma mère. Lui, il a le visage de la tristesse. La maladie de sa fille le mine, il a déjà commencé à mourir depuis longtemps, il le sait, et je le sais moi aussi. Je n'arriverai pas à le sauver. Mon amour ne suffira pas, l'amour ne peut empêcher la mort.

Dans l'église où la famille s'est réunie pour saluer mon grand-père à coups d'encens et de prières, je suis assise avec mon frère cadet. À côté de nous, ma mère pleure de toutes ses larmes. Elle pourrait se contenir, les adultes ne doivent pas pleurer. Moi, je resterai stoïque, je saurai vivre avec l'amour mort de mon grand-père, je ne verserai pas une larme. J'enterre mes premières années sans pleurer. J'enterrerai aussi mon père et ma mère sans pleurer.

Mais, même sans larmes, l'enfance reste tapie dans un coin sombre, elle nous guette. Elle ne meurt jamais.

Sans cesse me reviennent des phrases de ma mère, elles surgissent des profondeurs de l'oubli et se mettent à danser devant moi. Conversations à bâtons rompus, sous la mauvaise lumière du salon, tandis que nous regardions le journal télévisé du soir. Monologues que je ponctuais de quelques approbations distraites. Ma mère vivait seule, toute visite était pour elle une occasion de parler. Ces conversations, je voudrais en réentendre le moindre mot, donner un sens à ce qui alors n'en avait pas pour moi. Et je m'acharne à rebâtir, à partir de ces petits morceaux de souvenirs, le puzzle de tout un monde aujourd'hui englouti.

Qui était ma grand-mère Léda? Et Émilie, sa mère? Quand on dit à sa fille, *Marie-toi si tu veux, mais ne viens pas te plaindre ensuite*, de quoi parle-t-on? Des relations sexuelles, des accouchements insupportables, du travail de la maison? De l'inconsolable peine à chaque fois qu'on perd un enfant en bas âge? Lorsque ma mère me rapportait cette phrase en riant, je riais avec elle, je pensais à Léda, il lui avait fallu du courage pour agir contre la volonté de sa mère, elle devait être drôlement amoureuse. Ou peut-être Émilie n'avait-elle pas été si malheureuse en ménage après tout. Impression qui coïncidait avec le souvenir qu'en gardait ma mère. Une maîtresse femme, Émilie! Mais je n'en sais pas plus. Et j'en sais à peine davantage sur Léda, même si nous avons dormi dans la même chambre pendant plus de dix ans. Avant, je m'en satisfaisais, la mémoire familiale était emmagasinée dans un lieu, le cerveau de ma mère. Ce lieu est maintenant détruit, j'erre à la recherche de vestiges. Avec, dans les mains, une carte routière presque effacée.

Si j'avais écouté ma mère, disait Léda, *je n'aurais jamais fait ma vie.* C'est la leçon que j'ai retenue. Suivre son propre chemin, en avoir l'audace. Elle venait d'une famille pieuse, l'aînée et la benjamine étaient entrées chez les Sœurs grises. Elle dormait sous un grand crucifix, disait son chapelet tous les jours, me faisait faire mes prières du matin et du soir. Quand elle n'avait pas trop de vertiges, elle me demandait de l'accompagner à la messe, elle croyait en Dieu. Sans doute la force lui venait-elle de là, ce qui l'aidait à traverser sa grande épreuve, la maladie de sa fille, pourtant si belle, si douée.

Tout avait commencé au seuil de l'âge adulte, une dépression qui avait mal tourné, les problèmes qui s'amplifiaient, les médecins, les voyages à Montréal pour consulter, les psychiatres du Allen's Memorial, et le Dr Cameron, l'argent déboursé en vain, la situation de plus en plus difficile. Et les grands-parents avaient vieilli, ils ne pouvaient plus s'occuper de leur fille. Il avait fallu prendre une décision, la faire entrer à Saint-Michel-Archange. Et le sentiment d'impuissance, et la culpabilité. *Nous n'avions plus le choix*, répétait ma grand-mère pour s'en convaincre. Dans sa voix, on saisissait la douleur qui la rongeait jour après jour. Mon grand-père, lui, n'avait pas survécu à l'internement de ma tante.

Souvent, j'ai demandé à ma mère de quoi souffrait Lucienne, mais elle ne le savait pas. Avait-elle voulu oublier? Elle était peut-être schizophrène, mais je n'ai jamais entendu le mot à la maison. On disait qu'elle était malade, un point c'est tout. Même aujourd'hui, la maladie mentale reste un mystère, c'était encore plus vrai durant les années trente et quarante. La psychiatrie employait des moyens barbares, camisole de force, électrochocs, lobotomie. Et puis le Dr Cameron avait fait des expériences étranges sur ses patients, soutenait ma mère.

Qui était Donald Ewen Cameron? Ce que j'ai lu m'a donné froid dans le dos. Né en Écosse, il avait immigré aux États-Unis, puis s'était établi à Montréal en 1943, où il avait pris la direction du Allan Memorial Institute de l'Hôpital Royal Victoria. Ma mère disait donc vrai. À partir d'un sommeil prolongé pendant lequel on faisait écouter aux patients des bandes magnétiques, il voulait les reprogrammer. Ces expériences de lavage de cerveau seraient plus tard financées par la CIA. Il faut ajouter l'usage de LSD pour avoir un portrait plus complet. Quand l'affaire sera connue, après la mort du Dr Cameron, plusieurs patients porteront plainte.

À l'époque où ma tante a été traitée, le Dr Cameron avait-il déjà mis en place ses traitements? Impossible de le savoir. Le dossier de ma tante a été détruit depuis longtemps, les personnes qui l'ont soignée sont décédées. Et si j'apprenais la vérité, qu'est-ce que ça me donnerait? Ce qui m'importe, c'est de savoir ce que la maladie de ma tante a changé pour nous. Ma mère, mes grands-parents, mon père, et nous, les enfants. *Maladie*, combien de fois ai-je entendu le mot à la maison? On ne parlait jamais de folie. On nous a appris à considérer notre tante avec respect, elle était malade, comme si elle souffrait de tuberculose ou de diabète. Et les voisins étaient bien obligés de la considérer avec respect eux aussi. Je ne percevais pas à quel point il s'agissait d'une vision avant-gardiste pour l'époque.

Souvenir. J'ai huit ou neuf ans, nous allons avec un oncle paternel voir notre tante à Saint-Michel-Archange. Ma grand-mère, elle, reste à la maison, elle ne se sent pas capable de venir. C'est loin, mais mon oncle a acheté une belle Mercury. Nous sommes contents, ma tante est contente de nous voir, elle aussi. Je la reconnais à peine, elle a les cheveux tout blancs, et puis une drôle de robe blanche, et puis un drôle d'air, elle dit de drôles de choses, ma mère pense que c'est à cause des médicaments. Il y a beaucoup d'autres malades, ils ont un air drôle eux aussi, je reste assise sur ma chaise, je regarde partout, je n'aimerais pas vivre ici. Ma mère, elle, est rassurée. Les sœurs sont gentilles, elles remettent à ma tante les colis qu'on lui envoie, on n'a pas à s'inquiéter. On n'aura plus à s'inquiéter. *Lucienne n'a pas l'air malheureuse*, répétera ma mère ce soir-là, *elle est bien traitée.* Et ma grand-mère lui répondra d'une voix toute souriante.

La façade de l'hôpital Saint-Michel-Archange, je l'ai reconnue tout de suite dans le film de Denise Filiatrault sur Alys Robi. Carrière fabuleuse, puis descente aux enfers. Dépression, hospitalisation, traitements à l'insuline, électrochocs, lobotomie. À la fin de la projection, j'essayais de cacher mes yeux rougis. J'étais sans doute la seule spectatrice dans la salle à avoir pénétré dans l'hôpital où s'était retrouvée Alys Robi. Autour de moi, on discutait du film, on critiquait la psychiatrie de ces années-là, on évoquait de vagues souvenirs de la chanteuse. Quel talent tout de même, mais quel destin! Moi, je pensais à ma tante, je calculais les dates. Lors de son internement, en 1954, on avait commencé à prescrire des neuroleptiques, elle avait échappé à la barbarie. Du moins, je veux le croire.

Quelques mois plus tard, on a annoncé un reportage sur les hôpitaux psychiatriques à la télévision. J'ai téléphoné à ma mère pour le lui dire. L'émission, elle ne la regarderait pas, a-t-elle tout de suite répondu, elle ne le pourrait pas. Jusque-là, je n'avais pas compris à quel point cette période avait été dure pour elle, elle a toujours évité de nous le montrer. Certaines scènes me sont revenues comme des fantômes oubliés. Je joue tranquillement sur le tapis du salon tandis que les adultes parlent entre eux, mon grand-père dit que ma tante fait des choses bizarres, elle se fâche, elle sort en robe de chambre, il ne sait plus comment agir. Plus tard, j'entendrai aussi des mots nouveaux, *tranquillisant, ambulance, hôpital.* Ma tante est internée à Québec, mon grand-père a de la peine, ma grand-mère a de la peine. Ma mère, elle, ne dit pas comment elle se sent. Elle essaie de les raisonner. C'est tout ce qu'elle peut pour eux.

Au début des années soixante, grâce à de nouveaux médicaments, ma tante s'est mise à mieux aller, elle a pu venir passer quelques jours à la maison, souriante, bien habillée. Ma grand-mère jubilait, elle ne pensait pas avoir le bonheur de la revoir un jour. Puis il y a eu la période de désinstitutionnalisation, on a demandé à la famille de l'accueillir, on a insisté. Et mes parents ont accepté, ce qui n'a pas dû être facile pour eux. Lucienne était fonctionnelle, comme on dit maintenant, mais elle avait des lubies, des sautes d'humeur, de petites paranoïas. Heureusement, elle a fini par aller vivre

Enfant, j'aurais voulu devenir pianiste comme ma mère, comme mes grand-tantes ou Octavie, mon arrière-grand-mère, qui composait des valses tristes. Mais, à la maison, il n'y avait pas d'argent pour les leçons de musique. *Je vais t'apprendre moi-même*, avait dit ma mère. Elle avait pris le temps, elle avait étudié la musique pendant huit ou neuf ans. J'ai passé des heures et des heures assise au piano désaccordé qu'avait acheté mon grand-père pour ses filles, j'y ai fait mes gammes, j'ai appris à lire la portée, à jouer de petits morceaux de Beethoven ou de Brahms dans des livres racornis. Un jour, j'ai arrêté. Je ne faisais plus de progrès, ma mère ne m'obligeait pas à répéter. Et puis le vieux piano lançait de plus en plus de fausses notes.

Maman, elle, réussissait à le faire résonner. Le dimanche après-midi, avec sa robe propre, parfois son collier de perles, elle sortait ses livres de musique et promenait sur le clavier ses doigts qui sentaient l'eau de javel. Cette image, claire encore : ma grand-mère l'écoute en souriant, dans son fauteuil, une tasse de thé à la main, tandis que je suis assise sur le canapé. Je regarde les danseuses de Degas, si élégantes dans l'encadrement au-dessus du piano. Puis je baisse les yeux, j'observe ma mère, concentrée sur les notes de son livre de musique, je suis fière d'elle, si belle dans sa robe du dimanche. Nous, nous n'avons pas de bungalow, mais ma mère sait jouer du piano.

La musique, c'était le signe que nous avions de la culture. Et quand on a de la culture, on a de la classe. Jusqu'à la fin de sa vie, maman aimait me raconter une anecdote. Mon grand-père avait accompagné une tante à Montréal, chez Archambault, elle voulait s'acheter des partitions. Elle était mal habillée, les vendeuses avaient ri d'elle quand elle avait demandé un morceau particulièrement difficile. S'en était-elle rendu compte ? Elle s'était assise à un piano, avait commencé à jouer. Et tous, dans le magasin, clients, vendeuses, gérant, s'étaient approchés pour l'écouter. L'habit ne fait pas le moine, c'est ce que ma mère voulait m'inculquer, comme son père le lui avait inculqué. En tant que tailleur, il savait précisément ce que signifiait ce proverbe.

Le piano a suivi ma mère dans l'appartement de la rue Bowen, après la mort de mon père, et les danseuses de Degas aux tutus de plus en plus jaunes aussi. Elle ne l'a plus ouvert, ou presque, elle avait peur de déranger ses voisines. Et puis elle souffrait d'arthrose. Elle étendait ses mains le soir, quand j'allais la voir, me montrait ses doigts crochus. Mais elle avait de bons yeux, et la vibration des mots a remplacé celle de la musique. Elle pouvait lire des heures durant, sous la mauvaise lumière du salon, des livres que nous lui apportions, des biographies, des mémoires, des romans. Et Proust, Proust qu'elle dévorait comme un feuilleton, à la fois fascinée et irritée. *Tous ces gens riches et capricieux, j'aimerais plutôt avoir le point de vue de la bonne.* Elle plaignait Françoise, obligée de les servir jour après jour.

Longtemps j'ai pensé que, à chaque visite de Marcel chez la duchesse de Guermantes, à chaque soirée chez les Verdurin, maman revivait les privations de notre enfance, les calculs qu'elle faisait et refaisait pour essayer d'*arriver*, les trésors d'imagination qu'elle devait déployer, et le travail acharné pour faire reluire ce qui ne reluit pas. Je savais aussi son admiration pour Jean Lesage, qui nous avait permis de faire des études, et son amour pour René Lévesque, ne nous avait-il pas redonné notre électricité? La Révolution tranquille avait été pour elle un âge d'or, elle y avait cru comme à une religion.

Et pourtant, il y avait autre chose qu'elle cachait ou dont elle se défendait. Quelque chose que j'essayais de saisir sans y parvenir quand nous tournions en rond dans les anecdotes familiales. Un soir, quelques années avant sa mort, c'est venu, je ne me souviens plus comment, nous parlions de mon grand-père, encore une fois. Elle s'est mise à reculer dans le temps jusqu'avant ma naissance, avant son mariage, avant son séjour à Toronto, alors qu'elle habitait la maison familiale, au début des années quarante. Et j'ai entendu, *Ton grand-père, il n'était pas comme les autres.* Elle m'avait dit cent fois qu'il n'allait pas à la messe le dimanche, les amies de maman le lui rappelaient encore quand elles venaient lui rendre visite, j'attendais donc la cent unième mention, mais il y a eu cette révélation fracassante pour moi, *Il avait des sympathies communistes.* Puis, dépassée par son aveu, elle a tout de suite tenu à préciser, pour me rassurer, *Mais il n'était pas membre du Parti*.

Tout un pan du passé a surgi, les cours de catéchisme à l'école primaire, les sœurs qui nous racontaient les horreurs du communisme en Russie, ces catholiques torturés parce qu'ils refusaient de marcher sur le crucifix, une barbarie semblable à celle des Indiens qui avaient martyrisé nos bons missionnaires. Et ma peur, ma peur que les Russes ne déclenchent une guerre, qu'ils ne viennent jusque chez nous, jusqu'à Sherbrooke, où nous vivions en paix avec les protestants dans leurs minuscules églises, eux qui n'avaient jamais eu l'idée de nous torturer au moins.

Cette révélation, ma mère ne pouvait me la faire quand j'étais enfant, il n'aurait pas fallu qu'on l'apprenne à l'école. Mais pourquoi avoir attendu aussi longtemps ? Avait-elle honte des positions politiques de son propre père ? Non, puisqu'elle aussi défendait les démunis. Elle continuait à protéger son père, comme au temps de Duplessis. J'ai demandé comment on agissait à l'époque, à Sherbrooke, quand on avait des sympathies communistes. Les amis de mon grand-père venaient à la maison, a dit ma mère, ils discutaient, mais ils se taisaient dès qu'ils ressortaient. Entre l'intérieur et l'extérieur, une cloison nette, étanche, infranchissable.

J'imagine le salon de la maison où j'ai été élevée, 1re Avenue Nord. Le canapé en velours côtelé rouge vin, le piano, le tapis persan, tout est neuf, rien ne sent encore l'usure des années. C'est le soir, un soir d'automne ou d'hiver, trois ou quatre hommes sont réunis, ils se lisent des textes, Marx, Engels, ils discutent, et ma mère les écoute sans doute à la dérobée, qu'est-ce qu'elle en retient? Elle ne nous en parlera jamais. Mais, après la mort de mon père, elle se mettra à lire Marx et Mao dans son nouvel appartement, sous la mauvaise lumière du salon.

De cette époque, il ne me reste que quelques phrases, *Ton grand-père ne pratiquait pas. Il publiait des contes dans le journal avec un ami.* Ou encore, *Il avait pensé émigrer en Argentine.* Il devait trouver le Québec terriblement étroit, il rêvait de vivre dans un autre milieu. Il avait habité à New York, puis à Winnipeg. Il se préparait à faire le tour du monde quand il avait rencontré ma grand-mère, il aurait été capable de tout quitter. Mais il n'avait pas entraîné sa famille à l'étranger, il était resté à Sherbrooke. À cause de sa femme, de ses deux filles?

De la langue? Ou des difficultés insurmontables qu'il pressentait? Mystère! Et ma mère, aurait-elle désiré partir à l'autre bout du monde? Je n'ai jamais pensé le lui demander. Pourquoi? Le vrai mystère, c'est celui-là.

Je tisse mes fils à partir de rien, j'assemble, j'interprète, je borde ce rien avec la volonté sauvage de sauver le passé. Ce récit est une toile pleine de trous dans laquelle j'essaie de capturer ma mère, je voudrais qu'elle n'ait plus de secrets pour nous. Elle me résiste pourtant, comme pour me dire, *N'essaie pas de m'immobiliser, tu n'y arriveras pas.* Et je vois se dessiner, noir sur blanc, les contours de mon échec. Je sais que je suis empêtrée dans ma propre fiction. Ma mère est devenue un personnage de roman, et mon grand-père, et ma grand-mère, et ma tante. Me voilà devant une réalité de plus en plus vacillante. Je voulais les retrouver, tous, comme au temps de la 1re Avenue Nord, mais chaque phrase que j'écris m'en sépare un peu plus.

Et si je me leurrais? Si mon récit était porté par le désir enfoui de défigurer mon enfance, d'en faire une histoire recevable, avec des causes et des effets, un début et une fin? L'enfance qui cesse de se rebeller, l'enfance assagie, déposée dans un album que je puisse ouvrir et refermer à ma guise aux heures de mélancolie. L'écriture capable d'emprisonner le passé, d'empêcher les fantômes de revenir quand eux le décident. Et moi, libre enfin de me transformer, de devenir une femme sans attaches, d'émigrer dans des pays aux langues inconnues, sans la culpabilité d'avoir abandonné mes morts.

On s'habitue peu à peu à l'absence. Ça se fait sans bruit, sans consentement. Je n'ai pas pensé appeler ma mère quand on a annoncé à la télévision, hier, le passage de Vénus devant le Soleil, je me suis contentée d'avoir un pincement au cœur, elle contemplait les étoiles depuis la porte-fenêtre de son salon. Cette passion pour l'astronomie, d'où la tenait-elle? Le soir, au téléphone, je l'écoutais distraitement me parler de Mars ou de Jupiter en pensant à ma journée du lendemain. Je n'ai pas pris le temps de m'intéresser à ce qui l'intéressait, elle. Ma fille et mon petit-fils, oui. *On aime toujours mieux ses enfants que sa mère.*

Cette phrase, c'est elle qui me l'avait lancée, il y a longtemps, sans doute parce qu'elle nous préférait, tous les trois, à sa propre mère. Je n'ai jamais oublié ce moment. Elle m'avait donné la permission d'aimer davantage ma fille qu'elle. Elle a toujours accepté que nous fassions passer nos enfants avant elle, mes frères et moi, elle n'avait pas envers nous les exigences ni les caprices que prennent souvent les parents avec l'âge. Mais préférait-elle ses enfants à son père? Si je le lui avais demandé, que m'aurait-elle répondu?

Pourquoi ne lui ai-je pas posé plus de questions? Je savais sans doute que je n'aurais pas de réponses. Refus de s'avouer à elle-même ce qu'elle ne voulait pas voir ou désir de préserver ses secrets? Un soir, elle m'avait dit qu'une femme n'était pas obligée de tout dire à ses enfants. J'avais retenu la leçon. Au fond, j'étais d'accord avec elle, est-ce que je devais absolument savoir si mon père avait été son premier amant? Car la grande question qu'une fille rêve de poser à sa mère est celle de l'amour.

Ma mère avait aimé l'amour, elle me l'avouait à mots couverts quand, pour la dérider, je lui demandais le soir, au téléphone, si elle se préparait à sortir dans les bars pour rencontrer un homme. *Maintenant, ça ne me dirait plus*, répondait-elle aussitôt en pouffant. *Maintenant*, tout était dans ce mot. Je la revoyais dans la cuisine de la 1re Avenue Nord. Mon père rentrait du travail, il allait aussitôt vers elle et la prenait par les hanches. Elle riait, elle riait d'un rire que je ne pouvais pas décoder. Je comprendrais quelques années plus tard, au moment du sang entre les cuisses.

Comment aurais-je réagi si elle s'était remariée après la mort de mon père? À vrai dire, l'idée ne m'a jamais effleurée. Comme ses amies, elle affrontait son veuvage sans rechigner, se moquait des femmes de son immeuble qui cherchaient un compagnon. Elle aimait vivre seule, n'avoir pas de concessions à faire, pas d'explications à donner, elle pouvait manger à son heure, lire tard le soir. Et puis elle avait passé l'âge du désir, mais elle ne voulait pas m'en parler.

Elle aura été une femme de sa génération. J'ignorais les mystères de la vie quand je lui ai crié de venir dans la salle de bains, un soir de mars, un peu avant mes douze ans. Affolée, je venais de voir ma culotte pleine de sang. Maman est montée, elle a jeté un coup d'œil et, sans broncher, elle m'a tout expliqué, avec des mots cliniques, puis elle a conclu, *Ne pense plus à ça.* Évidemment, je n'ai pensé qu'à ça pendant des mois et des mois. C'était dégoûtant, l'accouplement, comment est-ce qu'on pouvait appeler ça de *l'amour*? À quel sacrifice fallait-il consentir pour avoir des enfants! Nous n'en avons jamais reparlé, ma mère et moi. Pudeur, malaise qu'elle ressentait face à la sexualité, je n'arrive pas à savoir, ni pourquoi je n'ai jamais cherché à aborder la chose avec elle.

Dans ma mémoire, deux mères se font face. L'une m'explique la vie, d'une voix froide, comme une fatalité frappant les femmes depuis le commencement du monde, et l'autre m'avoue en riant, au téléphone, que ça ne lui dit vraiment plus. Je me suis longtemps demandé quelle mère était la mienne. J'ai fini par comprendre, il s'agissait de la même femme à deux moments de l'histoire : le règne de Duplessis, puis le vent nouveau qui avait balayé le Québec lors de la Révolution tranquille. Et qui avait donné à ma mère une joie de vivre.

J'attendais ce moment. Depuis six mois. Cette nuit enfin, ma mère est revenue vers moi pour la première fois. Elle ressemblait aux fées boulottes des contes, penchées au-dessus d'un berceau. Elle arrivait à ma porte avec sa marchette, toute souriante. Bonheur de la revoir, elle ne nous avait donc pas abandonnés à jamais. Mais le cœur commençait aussitôt à me débattre, comment arriverais-je à boucler mes journées? Toujours ce travail fou malgré la retraite, puis ce qu'on appelle *la vie*, maison, affaires courantes à régler, courrier. Et mon petit-fils qu'il faudrait délaisser, comme à l'automne. Mais je lui ouvrais les bras. Je me suis apaisée.

Mon angoisse de novembre dernier avait refait surface, jamais ma vie ne m'avait paru aussi lourde. Cette vie de femme moderne que j'avais pourtant voulue avec une volonté farouche ne laissait aucun espace à la maladie ni à la mort. Heureusement, je n'enseignais plus, comment aurais-je pu faire si, le jour de l'ACV de ma mère, je m'étais retrouvée en pleine session? Quand mon petit-fils était né prématurément, à la toute fin d'une année universitaire, j'avais souffert de ne pas pouvoir jouir pleinement de son arrivée. La question avait ressurgi pendant le déclin de ma mère, quelle place nous est-il permis de donner aux grands événements de l'existence?

À mon réveil, je me suis demandé pourquoi la mère de ce rêve n'était pas celle de mon enfance, belle et jeune et alerte, comme je l'imaginais le plus souvent. Voulait-elle vérifier si j'étais prête à la voir ressusciter? Si j'étais maintenant capable de tout sacrifier pour elle, alors que, l'automne dernier, je lui cherchais une résidence pour personnes en perte d'autonomie? Culpabilité chez moi de n'en avoir pas fait assez. On a beau se raisonner, les reproches posthumes font partie du deuil.

Six mois maintenant depuis la mort de ma mère, six mois, et mon deuil ne se passe pas comme dans les livres. Maintenant, on doit le *faire*, à l'exemple des tâches quotidiennes, c'est-à-dire ranger bien vite sa peine dans un placard. Si, quelques semaines après les funérailles, on a l'audace d'avouer son désarroi, on se fera regarder comme une personne incapable de surmonter les épreuves. Et, dans un monde qui tourne à la vitesse de la lumière, quelle femme veut montrer sa fragilité? Mieux vaut se taire. Vivre seule la perte, ou avec de rares amis qui se sont retrouvés eux aussi en face de la mort.

Autrefois, on portait le deuil. *Porter* le deuil, comme on supporte une charge lourde sur les épaules, un poids qui nous fait ployer. Je revois ma grand-mère, en noir, après le décès de son mari Bruno. Robe noire, chapeau noir, voilette noire, gants noirs. Pendant un an, ce sera sa tenue à chacune de ses sorties. Puis elle remplacera le noir par le gris, le violet, le blanc. Deux ans pour un deuil, c'était la coutume, personne ne s'inquiétait de sa capacité à traverser son chagrin. Aujourd'hui, on lui conseillerait de consulter.

Le décès de mon père ne m'avait pas confrontée à une vérité aussi cruelle. C'était la fin du printemps, les cours étaient terminés, je n'avais pas à me présenter tous les jours devant une classe. J'avais demandé un congé d'études, je me préparais à déménager à Montréal. Je commencerais mon doctorat en septembre, j'avais trente et un ans, une nouvelle vie devant moi. Et puis ma mère était bien vivante, elle mourrait vieille, très vieille, comme mon arrière-grand-mère Émilie. Et moi aussi. Il me restait les deux tiers du chemin à parcourir.

C'est plus tard que j'ai ressenti la menace. Quand les premiers amis ont commencé à flancher. Qu'est-ce qui m'attendait, dans l'avenir? Mais la solitude s'est définitivement installée en moi dans la chambre d'hôpital où, à chacun de ses soupirs, ma mère s'approchait de l'abîme. Je ne pouvais rien pour elle, ni mes frères, ni ses petits-enfants, ni les infirmières, ni le médecin. Elle dormait d'un sommeil inatteignable, elle se préparait à la détresse respiratoire. Demain, ce serait le grand duel, nous ne serions que spectateurs. Elle serait irrémédiablement seule. Et moi aussi. Si j'avais demandé une double dose de morphine plus tôt le soir, c'est que je me sentais d'une totale impuissance devant sa douleur. Qu'est-ce qu'on peut faire pour soulager sa mère? Impuissance, solitude, ces mots se recouvraient. Je m'étais souvent impatientée en entendant la phrase, *On naît seul et on meurt seul.* Cette phrase cessait d'être un cliché.

Depuis combien de temps ma mère était-elle entrée dans sa dernière solitude? Voilà peut-être pourquoi elle ne nous avait pas préparés à sa mort. Ses enfants devaient rester du côté de la vie. J'entends encore sa voix sous la mauvaise lumière du salon, un soir d'automne, l'une de ses voisines a perdu son mari, la pauvre femme est en dépression, et ma mère me lance, *Il faut s'en remettre*, comme elle me dirait, *Il ne faut pas s'écouter*. Pourquoi ne pas s'écouter, justement? Pourtant, après la mort de mon père, ma mère avait passé des moments difficiles, elle aussi, peut-être avait-elle eu peur de sombrer. Elle s'en était remise, heureusement! Comment en avait-elle trouvé la force? Où se situe la frontière entre une mémoire assumée et une mémoire qui risque de nous emporter?

On pense s'être accoutumé à l'absence, mais il suffit d'un rêve pour se retrouver devant la nudité de la mort.

Ne pas s'écouter. Refuser d'entendre la petite voix qui chuchote à l'oreille de prendre soin de soi ou, au contraire, refuser de se laisser aller au désespoir? Je ne suis pas sûre de bien saisir ce que voulait dire ma mère. Mais elle parlait de la douleur et des femmes, je sais cela. Combien de femmes de l'époque, au Québec, ne se sont pas écoutées? Cette ordonnance leur venait de très loin, de l'immigration dans un pays glacial, de la vie terrible de la colonisation, du scorbut, des guerres, de la défaite, de l'obligation de se reproduire pour assurer la survie du Canada français, des aïeules qui accouchaient tous les ans et de celles qui en mouraient.

Louisa, cette grand-mère que je n'ai pas connue, était morte des suites de *la grande opération* en 1911 après avoir mis au monde cinq fils. Elle n'a pas eu la chance de Léda, qui avait été opérée en 1918 ou

1919. Et Émilie, la mère de Léda, avait survécu à ses quinze accouchements, mais avait chaque fois enduré des douleurs inhumaines. Il fallait deux hommes pour la retenir. Quelle aide pouvaient-ils bien lui apporter, l'empêchaient-ils de se jeter par la fenêtre?

Octavie, la mère de mon grand-père, avait eu dix-sept enfants en seize ans. Sans aucun couple de jumeaux. Quand le curé avait demandé à mon arrière-grand-mère si elle avait peur de la mort, au moment des derniers sacrements, elle avait répondu, *La mort, Monsieur le curé, je l'ai vue dix-sept fois.* Ma mère disait d'un ton pensif, *Les accouchements à l'époque, tu sais.* Pas d'échographies, pas d'épidurale, aucun soulagement. Et beaucoup d'enfants n'atteindraient pas les six ans. Aucune des filles d'Octavie ne s'est mariée et, parmi ses quatre petites-filles, seulement ma mère a eu un homme dans sa vie. Faut-il s'en étonner? Mes frères et moi, nous sommes les seuls descendants d'Octavie, il faut croire que, chez ma mère, le désir d'enfant avait été plus puissant que la peur. Lui venait-il de la lignée de Léda?

Tu accoucheras dans la douleur, répétait le curé en chaire le dimanche, de la même voix qu'il disait, *Tu ne tueras pas.* Les hommes devaient être terrifiés par la souffrance des parturientes pour en arriver à attribuer un tel commandement à leur Dieu. Il fallait que ce soit une punition. Les filles d'Ève devaient expier le péché de leur aïeule, elle par qui était venu le malheur. Depuis le commencement des temps, la douleur a été une affaire de femmes, une affaire transmissible de mère en fille. On peut imaginer la culpabilité inconsciente des accouchées quand, après des heures et des heures de supplice, on déposait dans leurs bras une fille, condamnée comme elles à la douleur. Et leur soulagement quand on leur annonçait, *C'est un garçon.*

La veille de sa mort, Octavie s'était révoltée, elle avait voulu rappeler au curé qu'il aurait dû se taire, elle en savait plus que lui sur le grand passage, elle savait ce qu'il ignorait, lui qui n'avait pas eu à se battre dix-sept fois contre la mort. La phrase d'Octavie, ma mère me l'a rapportée cent fois, mais seulement après ma décision de n'avoir plus d'enfants, pour éviter de cultiver la peur chez moi. Voilà peut-être aussi pourquoi elle niait de toutes ses forces la douleur de ses propres accouchements.

Contre toute attente, la réalité l'a rattrapée, le soir du 30 décembre 2011. Elle était soulevée par de grandes vagues de douleur, qui se résorbaient pour revenir aussitôt, de grandes vagues comme dans un travail de parturiente. Elle accouchait mais, cette fois, de sa propre mort. Je n'ai pas fait venir le curé. J'ai simplement demandé de la morphine.

C'est à trente-cinq ans que ma mère est devenue ma mère. Je ne saurai jamais qui elle était avant, mais je l'accepte maintenant. Il ne m'est pas nécessaire de tout savoir. Je peux laisser des trous, des zones d'ombre, je peux même montrer des contradictions. Quand une personne meurt centenaire, ou presque, elle prend selon les époques différents visages.

J'ai été peu curieuse, j'ai posé peu de questions à ma mère sur sa vie. Je préférais la laisser parler de ce qu'elle voulait bien m'avouer, le soir, sous la mauvaise lumière du salon. Timidité, discrétion? Plutôt la peur de m'entendre répondre non. Je ne l'aurais pas supporté. Douleur de me sentir séparée d'elle ou pire, rejetée. La nuance entre les mots *séparation* et *rejet*, je ne l'ai jamais réellement comprise. Ma mère a constitué autour de nous, ses enfants, une bulle épaisse, qui nous tenait dans sa chaleur. Briser la bulle, c'était vivre le bannissement, l'exil.

Cette bulle, elle prend pour moi l'image de la maison familiale où nous sommes allés vivre lors de notre retour à Sherbrooke. Je l'avais quittée à deux ans, j'avais sept ans lorsque j'y suis revenue, je demeurerais là jusqu'à vingt ans. Une grande maison avec de nombreuses fenêtres, deux étages, une cave, un grenier qui nous était interdit. Je revois encore clairement la chambre de ma grand-mère, où je dormais moi aussi. Mes frères, eux, avaient la chambre arrière, celle qui donnait sur le balcon. À l'époque, on ne savait pas ce que voulait dire *avoir une chambre à soi*. Les familles comptaient plusieurs enfants et, souvent, les vieux parents. La salle de bains était la seule pièce où on pouvait s'isoler. Personne ne se plaignait de la promiscuité.

La maison, je la vois comme un filet qui nous recouvrait d'un amour indémaillable, nous, les enfants, confondus dans une même image. Mêmes désirs, mêmes besoins, même horaire, mêmes repas, même attention constante. Pas moyen de s'échapper, de faire des mauvais coups. Ce n'était pas la peur d'être punis, plutôt celle de faire de la peine à une maman qui nous consacrait tout son temps, tous ses rêves. Nous avons été une génération de bons enfants, nous avons compris très tôt ce que nous devions à nos mères. Nous étions leur fierté, leur réussite, leur but dans la vie. Ces mères-là ne voulaient pas que nous les quittions. Et ma mère ne faisait pas exception. Elle désirait nous garder dans sa douceur, elle nous enveloppait. Ne nous avait-elle pas mis au monde à un âge où ses amies avaient déjà des adolescents? Elle avait dû avoir terriblement peur de ne pas avoir d'enfants. Heureusement, elle avait rencontré mon père.

Une femme devrait le plus tôt possible aider ses enfants à se séparer d'elle. Il lui faudrait à la fois aimer ses petits d'un amour inconditionnel et les jeter hors du nid. N'exige-t-on pas l'impossible? On fait ce qu'on peut, avec ses capacités, son passé, ses blessures. Avec le temps, j'ai cessé de demander la perfection à ma mère. C'était à moi de trouver la force de m'éloigner. Et, pour cela, supporter l'odieux de la culpabilité. Les filles ont le sentiment de ne jamais en faire assez pour leur mère, comme les mères pour leurs enfants. La relation à la mère est un nœud qu'on ne défait jamais, jamais parfaitement. Reste à vivre avec une souffrance qui s'incruste dans la chair, devient douleur physique. C'est pervers, la culpabilité, ça s'infiltre sans qu'on s'en rende compte, ça se loge au fond du ventre, il suffit d'une remarque, *J'ai attendu ton téléphone toute la soirée* ou bien, *Quand viendras-tu me voir?* et on redevient la fillette qui fait du chagrin à sa maman, on dort mal. Cette impression de négliger sa mère quand on ne répond pas à toutes ses volontés.

Les hommes aussi se sentent coupables. Mais les mères me semblent moins exigeantes envers leurs fils qu'envers leurs filles. Les femmes ont été élevées pour s'occuper des autres et le féminisme n'a pas pénétré jusqu'à nos fibres les plus profondes. Peut-il en être autrement face à un comportement transmis depuis des milliers d'années? Nous sommes à un tournant de la civilisation, mais il est plus facile de s'habituer aux médias sociaux que de transformer le rapport mère-fille. Quel renoncement est exigé d'une mère pour accepter que sa fille s'éloigne d'elle? Et quel courage, quelle image fautive d'elle-même une fille doit-elle supporter pour pouvoir se séparer de sa mère?

Je me suis toujours entourée d'amis, de projets, de livres, d'objets, d'activités. De chats. Sans doute pour reformer la bulle ailleurs, éviter de ressentir l'immense tristesse de la solitude. Séparation de la

Ce récit est peut-être une fraude. Pire, une trahison. Je viens d'écrire que ma mère a construit autour de nous, ses enfants, une bulle indestructible, et pourtant. Elle a favorisé chez nous les études, elle n'a jamais découragé nos amours, nos projets, nos voyages. Nous sommes partis de la maison très jeunes, nous avons quitté Sherbrooke sans remords, nous n'y sommes revenus que pour de courtes visites.

J'allais voir ma mère régulièrement, mes frères aussi. Elle vivait pour nos visites, nous l'entendions dans sa voix à chaque fois que nous lui annoncions notre venue. Elle retrouvait ses belles années. Qu'est-ce qu'elle allait nous cuisiner? Un rôti de bœuf, un pain de viande, un pâté chinois? Et pour dessert, une tarte aux pommes, des carrés aux dattes ou un gâteau roulé? Comme toutes les mères, elle connaissait nos plats préférés, elle voulait nous faire plaisir. Plus elle vieillissait, plus elle mettait du temps à se préparer. Il fallait faire les courses, le ménage, le lit quand nous dormions là et, bien sûr, les repas. Je lui répétais, *Ne te donne pas de peine,* mais je parlais en vain. Puis je n'ai plus rien dit, nos visites la tenaient occupée pendant près d'une semaine, je l'ai compris. À quatre-vingt-dix ans, on fait peu dans une journée.

Les jours qui précédaient notre visite, elle ne voyait plus personne. L'une de ses amies m'a avoué que ma mère la délaissait quand nous nous annoncions. *Mme C. m'a téléphoné pour sortir, mais je n'ai pas le temps.* Je la disputais gentiment, il ne fallait pas renoncer à ses amies, nous pourrions cuisiner ensemble, mais rien n'y faisait. Elle était heureuse, comme quand nous étions petits, quand nous avions besoin d'elle. Un soir, alors qu'elle voulait réparer l'une de mes jupes, j'ai protesté un peu plus que d'habitude, je suppose. Elle m'a répondu, *Je veux me sentir utile. À mon âge, tu comprendras.* Ensuite, je n'ai plus rien dit. Je l'ai laissée me préparer mes repas, me recoudre des ourlets de jupes ou de robes, me tricoter des bas, si confortables dans les bottes d'hiver. Je lui achetais même de la laine. *C'est bon pour les doigts,* avouait-elle.

[80]

Nous aimer, nous attendre, nous dorloter, c'était sa vie. Elle était une Mère avec un M majuscule, souveraine, totale, comme tant d'autres femmes avant elle. Comme la mère d'Albert Cohen, qui va jusqu'à l'esclavage à l'égard de son fils bien-aimé. Après sa mort, il se rend compte qu'aucune femme ne montrera jamais pour lui une abnégation aussi parfaite. «Maman n'avait pas de moi, mais un fils», écrit-il. J'ai été révoltée. Comment pouvait-il s'en réjouir, en jouir même? C'est un constat de fils, pas de fille. Les femmes ne ressentent pas pour leur fille une telle passion, celles-ci ne le supporteraient pas, de toute façon, elles se sentiraient vite étouffées, avalées.

Un jour que je lui rendais visite, ma mère a déclaré qu'elle avait une réunion de son cercle, elle désirait y aller. Je l'ai aussitôt encouragée, j'avais du travail, quelle bonne idée! J'étais rassurée, elle ne vivait pas que pour nous, ses enfants. Elle venait de lire Beauvoir, elle s'émancipait. Moi qui ne pouvais pas venir aussi souvent que je l'aurais souhaité, je saurais désormais qu'elle aimait voir des amies, ce n'était pas seulement pour occuper son temps quand nous n'étions pas là. Je suis repartie pour Montréal plus légère le lendemain. Mais elle a dû se faire des reproches, plus jamais elle n'a quitté la maison lors d'une de mes visites. Elle était retournée à son rôle de mère modèle. Comment avais-je pu penser qu'à plus de soixante-dix ans, on peut en sortir aussi facilement?

Ma mère restera toujours pour moi une femme de contradictions. À la différence de la mère d'Albert Cohen, elle aimait la littérature et les arts, s'intéressait à la vie politique, à l'histoire, à la géographie, à l'anthropologie, à l'astronomie. Après la mort de mon père, je lui ai suggéré de s'inscrire à l'université du troisième âge, mais elle a refusé. Pas question, elle n'en avait pas le goût. J'étais déçue. Comment une femme qui avait tellement encouragé chez nous les études pouvait-elle bouder cette occasion d'approfondir ses connaissances? J'ai compris plus tard. Plus elle vieillissait, plus elle avait du mal à sortir de son appartement, même pour venir passer quelques jours chez nous, ses enfants. Son monde avait rétréci.

L'université du troisième âge, c'était aussi pour elle une question de sous, je le devinais. *On ne sait jamais ce qui peut arriver, il faut faire attention.* Compter, ménager, voilà ce qu'elle avait fait pendant cinquante ans. Quand on a perdu l'habitude de se faire plaisir, peut-on revenir en arrière? Elle préférait garder son argent pour nous. Elle nous offrait des cadeaux à chacun de nos anniversaires, emmenait ses petits-enfants au cinéma ou au restaurant.

Parfois, le soir, sous la mauvaise lumière du salon, je lui rappelais qu'elle devrait profiter du peu d'argent qu'ils avaient épargné, elle et mon père. Ils nous avaient fait instruire tous les trois, nous gagnions bien notre vie. Mais elle ne voulait rien entendre, *Je suis heureuse*, disait-elle, *qu'est-ce que tu voudrais que je m'achète ?* Si j'argumentais, elle finissait par avouer, *À ma mort, je voudrais vous laisser quelque chose*. Alors je baissais les bras. Elle avait le dernier mot, comme toujours. Je l'ai trop souvent laissée avoir le dernier mot, j'aurais dû m'acharner, mais je ne lui rendais pas visite pour que notre discussion se termine par une dispute. J'étais venue pour lui faire plaisir.

Enfermée dans sa logique, elle ne voyait pas que j'aurais été heureuse de la gâter un peu en payant le taxi pour aller au Carrefour de l'Estrie, quand elle n'a plus été capable de prendre l'autobus, ou en l'invitant au restaurant. Elle refusait catégoriquement, elle voulait rester à la maison. Inutile d'insister. Plus tard, j'ai commencé à nous faire venir des repas, c'était ma petite victoire, elle cédait, et j'arrivais

Il fait si chaud que je souhaiterais une bonne bordée de neige. À la même époque ces dernières années, ma mère se plaignait de la canicule à chacun de nos appels téléphoniques. Puis elle se mettait à rire, *On n'est jamais content.* Sa vie était ponctuée par les aléas de la température. L'hiver, elle avait peur de tomber, de se casser une hanche. Souvent le gel couvrait les trottoirs jusqu'à Pâques. L'automne, c'était la pluie. Elle sortait de moins en moins. Sortir, c'était aller faire sa promenade dans le parc, près de la rivière Saint-François. Elle regardait ses arbres, les caressait des yeux, les admirait. L'été, elle marchait tête penchée pour repérer des trèfles à quatre feuilles. J'en retrouvais plusieurs dans les livres que je lui avais prêtés. Elle m'en donnait aussi, *Ça te portera chance.* Elle avait ses petites superstitions. Et, avec précaution, je prenais dans mes mains les trèfles, je les rangeais à mon tour dans un livre, pour un instant superstitieuse moi aussi.

Plus de trèfles à quatre feuilles cet été, plus de promenades, plus de conversations à propos de la chaleur insupportable de son appartement. Mon frère lui avait installé un climatiseur, mais elle avait peur de le faire fonctionner la nuit ou quand elle descendait à la salle à manger. *On ne sait jamais.* Qu'aurait-il bien pu arriver? Rien à faire pour la raisonner. Son obstination m'irritait, maintenant je m'en émeus. Après la mort, on voit tout autrement. Dans leurs peurs, les vieillards ressemblent aux enfants qui imaginent des monstres sous leur lit. En vérité, je ne voulais pas considérer ma mère comme une vieille femme. Elle nous avait habitués à la voir jeune encore et alerte. Et je l'ai vue jeune et alerte jusqu'aux dernières semaines de sa vie. Elle réussissait à me berner.

Mais je simplifie. Quand, au juste, une personne n'est-elle plus apte à prendre les décisions qui la concernent? On remarque un oubli, puis un deuxième, et un autre, puis une lenteur dans la démarche qui devient peu à peu déséquilibre, les indices s'accumulent sans qu'on veuille y prêter attention. Un jour, on se rend à l'évidence, sa mère ne pourra plus rester seule très longtemps. On téléphone au CLSC, on explique, on demande conseil. Quelqu'un nous répond qu'une travailleuse sociale viendra évaluer la situation. On dépose le combiné, le cœur battant.

La visite de la travailleuse sociale, je m'en souviens dans les moindres détails. L'après-midi gris de novembre, les arbres qui ploient sous le vent, l'arrivée de la femme, manteau neutre, blouse neutre, pantalon neutre, une femme gentille et consciencieuse, elle pose des questions, remplit son formulaire. Et ma mère, droite dans son fauteuil, qui essaie de donner le change, l'assure qu'elle va marcher tous les jours dans le parc, descend tous les jours à la salle à manger de la résidence. Et la femme me regarde, et moi, ahurie, je lui fais discrètement signe que non, plus maintenant. Est-ce qu'elle ment? Vit-elle plutôt dans le passé? Elle sauve sa peau, elle ne veut pas quitter son appartement.

La femme insiste, et ma mère lui résiste, elle va chercher ses dernières ressources, lui montre qu'elle peut encore s'asseoir sur les toilettes, se coucher et se lever sans problèmes, elle a retrouvé ses moyens, et j'ai l'air d'une ingrate qui veut se débarrasser de sa mère, et je suis triste comme ce n'est pas possible d'être triste pendant que ma mère se débat comme un chat qu'on essaie de faire entrer dans une cage pour le conduire à la SPCA. La travailleuse sociale tâtera le terrain, lui suggérera d'aller dans une maison de repos pendant un certain temps, et ma mère répondra non, d'une voix ferme. Il faudra donc la forcer à partir. À travers la fenêtre, le ciel gris de novembre semble sur le point de tomber.

Après la tristesse et la culpabilité, ce serait l'agressivité. Pourquoi ma mère ne se rendait-elle pas compte de la situation? Pourquoi nous laisser à nous, ses enfants, qu'elle disait aimer plus que tout, l'odieux de la décision? Elle n'était pas la seule pourtant, tant d'amis m'avaient raconté de pareilles scènes. Avant eux, on ne finissait pas ses jours dans un CHSLD. Nous, nous aurions des modèles, nous saurions prendre les décisions qui s'imposent sans en faire porter le poids à nos enfants. Mais comment prévoir ce que nous deviendrions dans quelques décennies? L'instinct, le désir, les sentiments sont bien plus puissants que l'expérience acquise, je ne pouvais me considérer au-dessus de la mêlée.

Il fallait pourtant agir. Assumer ma posture de fille ingrate, entamer une procédure en espérant un miracle. Mais il n'y a pas eu de miracle et j'ai dû me faire à mon image de fille qui n'est pas prête à tout sacrifier pour garder sa mère dans son appartement. On a beau se raisonner, se dire que la vie n'exige pas d'un enfant ce sacrifice, que notre mère ne l'aurait pas voulu non plus. Et pourtant, il faut bien finir par accepter la vérité. Même si on ne veut pas l'admettre, déraciner sa mère à quatre-vingt-dix-sept ans est d'une violence inouïe.

La violence, elle s'exhibe en cinémascope dans les reportages de guerre, dans les tueries des cinémas ou des universités. Mais on ne la voit plus sous les vêtements petits, étriqués, de la vie quotidienne. Un enfant qui ne mange pas à sa faim, une femme qui a peur de son mari, un homme si vieux qu'il n'en peut plus. Il existe des organismes, le service social, les résidences, avec les vieillards souriants qui se tiennent par la main durant les messages publicitaires. Il y a aussi les CHSLD que les politiciens visitent durant les campagnes électorales, personne n'ose demander si certains morts-vivants sont encore capables de voter. On fait semblant de les écouter, on additionne les milliards, on soustrait, on divise, on oublie la détresse, ou plutôt on l'endort.

Vieillir, c'est apprivoiser la violence. Le corps qui ne suit plus, la tête qui connaît des ratés, les tâches

« Et je me réveille et je m'épouvante de ma solitude. »
Je ne cesse de me répéter cette phrase d'Albert
Cohen, elle est venue se planter dans ma chair.
Quel spectre surgit de la mort de ma mère, quelle
réalité monstrueuse me menace ? Ma propre mort
qui tout à coup se met à me rôder autour ? Ce serait
trop simple. Plutôt la Mort, majuscule, intempo-
relle, la mort comme violence suprême capable de
tout détruire, de faire en sorte que rien ne nous
survivra. Ni enfants, ni petits-enfants, ni étudiants,
ni parents, ni amis. Ni villes, ni pays, ni livres. Rien
ni personne. La mort de la mère est chaque fois
révélation que tout s'arrêtera un jour. C'est chaque
fois une apocalypse.

L'épouvante, c'est aussi celle d'un tout petit garçon, sidéré de voir son arrière-grand-mère déposée
dans un trou, puis abandonnée là, un matin de

neige et de vent. Le monde pour lui a basculé dans l'effroi, et il me faut trouver une parole acceptable. Le corps de grand-maman dort dans le cercueil, au cimetière, mais son âme est maintenant là-haut, au ciel, avec ce grand-papa dont je lui montre la photo dans l'album du classeur. C'est beau, le ciel, c'est vaste, grand-maman est heureuse. *Est-ce qu'on peut jouer au ballon?* demande le petit garçon. Mais oui, grand-maman joue sûrement au ballon avec grand-papa tous les jours. Il sourit, rassuré, il peut retourner à ses occupations. La religion est la seule consolation possible, on en comprend la nécessité.

À trois ans, mon père avait perdu ses parents. Toussaint, son père, était tombé du toit de son hôtel, qu'il était en train de déneiger. Et Louisa était morte elle aussi, après son intervention chirurgicale. Quelles questions ce désastre avait-il laissées en lui, quelles images? Il était trop petit pour comprendre la logique du ciel, mais c'est peut-être ce qui lui a coupé le souffle toute sa vie durant. *L'asthme, c'est pas drôle*, disait maman. Papa étouffait soudain sans raison, il devenait tout rouge, prenait sa pompe, il fallait appeler le médecin, arriverait-il à temps? C'était l'épouvante dans la maison. La mort nous apparaissait, elle se dressait devant nous, comme un spectre de l'Halloween. Mon père n'était-il pas né le 31 octobre?

L'épouvante passée, la vie reprenait, et nos jeux, et le conte que nous lisait ma mère, dans le lit bien propre. Nous nous endormions sur des images de princesses heureuses avec leurs nombreux enfants et leur prince qui, lui, ne souffrait pas d'asthme. Je ne sais pas ce qui émergeait dans mon sommeil, la terreur de la mort ou l'assurance d'atteindre les cent ans. Car on vivait presque centenaire dans la famille de ma mère, elle nous le répétait sans cesse, pour se rassurer elle-même, peut-être. Malgré les inévitables deuils, la mort ne réussissait pas à faire son nid chez nous, ma mère la chassait, la vie triomphait.

Avec un peu de chance, je verrai les trente prochaines années. Mais qui peut me l'assurer? Tant de personnes de mon âge sont mortes déjà, autour de moi. Des cancers fulgurants, des crises cardiaques, des accidents, des suicides. La mort prend toutes sortes de visages. Mais ce n'est que durant les dernières semaines de ma mère que j'aurai appris à dire, *Je suis mortelle.* Je suis mortelle, oui, et d'autant plus vivante. Jusqu'à la toute fin, ma mère posait des yeux émerveillés sur la lumière du matin, le soleil de l'après-midi, le noir opaque de la nuit s'installant de plus en plus tôt, puis sur la coupole de l'ancien hôpital Saint-Vincent, qui s'éclairait tout à coup comme dans les spectacles *son et lumière*. Je proposais un petit verre de vin rouge, elle acceptait en riant, et la soirée débutait dans la joie. Qu'importe ce qui se produirait le lendemain.

Pour le moment, il y avait un bon repas, des émissions de télévision, les coups de téléphone de ses fils, et puis nous ferions ensemble notre jeu de patience, comme elle le faisait tous les soirs depuis des décennies. Ce que j'avais appelé jusque-là son *déni* ne me semblait plus un simple moyen de défense, ça m'apparaissait surgir de sa force même, d'une capacité à oublier la menace qui se rapprochait d'elle pour jouir des derniers moments de la vie. Le déni peut-il être une philosophie, une aptitude au bonheur? Quel nom faudrait-il alors lui donner? Quel nom peut-on donner à cette capacité à ne pas se laisser engouffrer dans l'épouvante de la mort?

Personne n'aurait pu dire que, huit jours plus tard, la femme qui prenait tranquillement son apéritif avec moi en serait à son agonie. Plus tard, une amie du réseau de la santé me dira, *Si j'avais su qu'elle était si près de la mort, je ne vous aurais jamais conseillé un examen gériatrique*. Si nous avions su, est-ce que nous aurions pris les décisions que nous avons prises ? Nous aurions sûrement laissé ma mère finir ses jours dans son appartement. Son amour de la vie aura réussi à tous nous berner. Jusqu'au bout.

L'air charrie une odeur de feuilles moisies, défaites, trop lourdes pour se soulever et tourbillonner dans le vent glacial. Bientôt la neige. Nous grelottons, ma famille et moi, en tenant des chrysanthèmes que nous sommes venus déposer contre la pierre tombale, devant le nom de Cécile P., gravé sous celui de mon père. Je me tiens debout au-dessus du cercueil de ma mère. Elle est sans doute maintenant un amas de chairs putrides, dans quel état est un cadavre après dix mois ? J'essaie de m'en faire une image concrète. Peine perdue.

Pourquoi suis-je incapable de l'imaginer en décomposition ? Cette question ne m'est jamais venue au sujet de mon père. Quand il a été enterré ici, j'étais une jeune femme avec des projets, des problèmes, des rêves de jeune femme, la mort ne faisait que me taquiner distraitement, elle irait faire son nid dans un corps déjà fatigué, celui d'un oncle ou d'une tante. Maintenant, c'est dans ma chair qu'elle peut s'installer.

J'avais appris à voir ma mère comme une femme seule. La voilà de nouveau unie à mon père, comme sur les photos de mon album, où elle livre son plus beau sourire à l'appareil, heureuse de se tenir à côté de son homme, de ses trois enfants. Elle a mis sa robe du dimanche, un peu décolletée, sans manches, elle montre sa peau fine, ses bras fermes, elle doit avoir un peu plus de quarante ans. C'est l'été, le jardin, la haie de roses trémières, ces effluves que je reconnaîtrais encore les yeux fermés, comme le parfum de ma mère. Un parfum de bonne qualité qu'elle garde pour les grandes occasions. Mais il n'y a jamais de grandes occasions dans la famille, et il reste dans sa bouteille. Parfois, le dimanche, ma mère sort sa parfumeuse et me lance deux ou trois gouttes sur les poignets. Ces soirs-là, je ne me lave pas, je suis sûre d'être la fille de ma mère.

Elle déteste les parfums bon marché dont s'aspergent les voisines, souvent mêlés à l'odeur du fixatif dans les cheveux. Ça lui soulève le cœur à la messe du dimanche, elle se demande si elle pourra communier. Je suis d'accord avec elle, mais je triche un peu. Je m'arrête un moment pour regarder les bouteilles sur les étagères du cinq-dix-quinze. Il y en a de jolies dans des écrins de velours. Mais je n'en achète pas, je n'en offre pas à ma mère, je ne porte pas de parfum.

Aujourd'hui encore, je n'en porte aucun. J'ai pourtant fréquenté les grands magasins, les boutiques d'aéroport, les parfumeries de Paris, le rayon des cosmétiques dans les pharmacies. Je me suis fait asperger, conseiller, inciter à acheter une marque ou une autre, jamais je ne m'y suis résolue. L'impression qu'il y a toujours, au fond de la bouteille, des effluves de salon funéraire et je préfère les laisser sommeiller là, comme ces génies malveillants qu'il ne faut pas réveiller.

Sans doute est-ce l'odeur des chrysanthèmes dans mes mains, il suffit de si peu pour ranimer l'enfance. Ce que je ressens n'est pas de la douleur. Une tristesse de novembre, le regret que cette époque soit terminée, réduite pour toujours en une fine poussière. Déjà, je mélange les périodes, les paroles, les circonstances, les lieux. Cette photo a-t-elle été prise dans le logement de la 9e Avenue ou dans celui de la 1re? Et qui est cette femme que j'ai vue à quelques reprises? Elle venait à la maison, il me semble. Je m'étonnerai toujours de ne pas avoir su demander ces choses-là. Mais ces choses-là ne m'intéressaient pas, je l'avoue, je courais dans ma vie comme dans une cage sans penser qu'un jour la roue s'arrêterait brusquement. La voici maintenant immobile, la roue. J'ai tout mon temps pour interroger le passé qui se décompose sous mes pieds.

Je n'ai jamais parlé à ma mère du cimetière des Capucins à Palerme. Des catacombes datant du seizième siècle, où les corps, momifiés, sont accrochés aux murs. Fascinée, j'en avais visité en silence toutes les sections. J'étais restée interdite devant la petite Rosalia Lombardo, deux ans, morte d'une pneumonie au début des années vingt, mais encore parfaitement conservée. Elle semblait dormir dans son cercueil de verre, aussi sereine que ma mère au salon funéraire, il n'y a pas si longtemps.

Cette coutume païenne a été abolie. Pourtant, il devait y avoir quelque chose de réconfortant à visiter ses morts, à s'en occuper, à leur confectionner de nouveaux vêtements quand les anciens devenaient trop poussiéreux. Les vivants et les morts continuaient de cohabiter. Si j'étais croyante, je me dirais, *Le ciel est un endroit où on peut aller passer le dimanche après-midi avec ses disparus.* Moi-même, j'aurais moins peur de mourir si j'étais certaine que ma famille pourrait venir me rendre visite. Pas d'arrachement brutal à la vie, un passage plutôt, tout en douceur.

Curieusement, ça ne sentait pas la mort dans les catacombes. Ça ne sentait pas la vie non plus, sa sueur, ses haleines fraîches ou fortes, son urine. Comme si on se promenait dans un autre monde, accueillant, attentif au deuil. Rien de macabre. On était bien, tellement bien que, le lendemain, j'avais voulu y retourner. Et pourtant, j'avais dû renoncer au silence pour retrouver le vacarme de Palerme, un enfer de motos, de klaxons et de cris projetés contre la pierre noircie. Tous ces gens s'acharnaient à ignorer que leurs ancêtres dormaient tout près.

Il nous faudra bien finir par quitter le cimetière. Je n'aurai pas vu ma mère, je ne lui aurai pas apporté de nouvelle robe, je partirai sans consolation après lui avoir laissé ces fleurs qui, demain, seront déjà fanées. À moins qu'elles ne gèlent. La fleuriste leur a installé de petits tubes remplis d'eau pour les conserver, mais à quoi bon? Je n'ai pas meilleure conscience pour autant. Ma mère n'aurait pas dû être enterrée ici, dans ce vent polaire, même si elle le désirait. Mais on vit dans un monde où tout se fait trop vite, on règle les choses de la mort comme les transactions courantes, cercueil ou urne, service religieux ou cérémonie civile, bouquets de roses ou d'œillets? Questionnez-vous, prenez des décisions, vous n'aurez pas le temps de penser, vous n'aurez pas le temps de vous laisser aller.

Il ne faut pas se laisser aller. Encore une fois, cette phrase de ma mère. Et pourtant, elle pleurait durant le service funèbre de mon grand-père. Pour mon père, je ne me rappelle plus, trop préoccupée par ma propre peine. J'ai appris à me contrôler dès ma tendre enfance, je suis une femme sensée, pondérée, réservée, raisonnable, responsable, agréable, sociable, je peux être tranquille, le couvercle de la marmite ne sautera pas. Aucun danger de ressembler à l'une de mes connaissances qui s'accrochait au cercueil de son père en criant alors qu'on voulait le refermer. On avait dû l'en arracher, des funérailles pénibles, vraiment! Mais elle, au moins, elle avait eu le courage de hurler.

Le vent est de plus en plus froid, ma mère de plus en plus morte, son nom de plus en plus abstrait, les feuilles ne sentent plus rien; ni les chrysanthèmes dans mes bras. Je les dépose en vitesse sur le sol et je m'enfuis, je cours jusqu'à ma vie de maintenant.

L'automobile démarre du premier coup, comme d'habitude, je remets la musique que j'ai écoutée en venant, je me prépare à revoir encore une fois mes paysages familiers, la vieille église où j'allais au mois de Marie, le collège où j'ai appris le latin, le parc où j'ai marché si souvent avec ma mère, le parc où je ne marcherai plus jamais avec ma mère, le parc où je ne marcherai plus jamais.

Je vois surgir le mot *fin* devant mes yeux et j'ai soudain l'impression d'être une actrice en noir et blanc qui s'apprête à abandonner pour toujours la terre où elle est née.

II

INSTANTANÉS

Le parc

Elle marche, toute droite encore, le long de la rivière Saint-François, et je la suis de près. Bientôt l'été, l'odeur tiède des feuillages, le feuilleté de l'eau. Elle s'arrête, s'appuie contre la clôture de métal, plisse les paupières, elle essaie d'apercevoir son héron. *Le soir*, chuchote-t-elle, *il vient se poser sur le rocher du Pin solitaire.* Elle l'attend. Moi, je cherche la cane et ses canetons, je scrute chaque pli de l'eau, s'il lui était arrivé quelque chose... La voici, elle avance en surveillant ses petits, cinq, je les compte en souriant, je ne me souviens plus combien il y en avait l'an dernier. Chaque année, c'est la même cane, je veux le croire, la même cane près du même parc, celui de mon enfance, la patinoire l'hiver, les balançoires l'été, les grands arbres qui ont survécu à tous les verglas, l'herbe presque trop verte, les trèfles à quatre feuilles cueillis pour la chance. Et la rivière, qui roule ses eaux moins polluées maintenant, dit-on, mais est-ce bien vrai? Ici, le monde est immuable, ma mère n'a pas vieilli. Ni moi, sa fille, ni mes frères, ni ses petits-enfants.

Tout à coup, le héron survole la rivière, il se dirige vers le rocher du Pin solitaire, comme avait prédit ma mère. Elle tend son index crochu, elle veut s'assurer que je l'ai bien vu. Elle rit, c'est un heureux présage.

Le marché

Elle descend lentement la rue King dans sa robe fleurie. Elle s'est coiffée, elle a mis son rouge à lèvres des sorties. Je l'accompagne, tandis que mes frères restent à la maison avec ma grand-mère. Je l'aiderai à porter les paquets. C'est vendredi, jour de marché. Nous achèterons ce qu'il faut pour la semaine. D'abord la viande, puis les légumes et les fruits. Enfin, du fromage bleu des pères de Saint-Benoît. Toujours le même itinéraire, les mêmes commerçants. Ma mère est joyeuse, elle s'arrête à tout moment, parle avec de vieilles amies, des voisines, d'anciennes compagnes de travail. Elle est née rue Bowen, tout près, elle connaît beaucoup de monde. *C'est ma fille*, dit-elle chaque fois qu'elle me présente. On me fait des compliments, on trouve que nous nous ressemblons. Ma mère, elle, dit que je ressemble à Louisa, la grand-mère que je n'ai pas connue. Et moi, je veux ressembler à ma mère, si belle dans sa robe fleurie. Quand je serai grande, j'aurai une robe fleurie, comme la sienne, et du rouge à lèvres, j'irai au marché avec ma fille. J'aurai épousé un garçon aussi beau que celui du pomiculteur. Pendant les vacances, il vient tous les vendredis avec son père. Lui et ma mère se font la conversation. *Un homme charmant*, dit-elle. Je baisse la tête, je pense aux yeux bleus du fils. Il me fait rêver, mais je ne voudrais pas que ma mère s'en aperçoive. Je ne me demande pas si le pomiculteur, lui, fait rêver ma mère. Je ne me pose pas encore cette question-là.

La nouvelle

Elle lave d'abord les verres, puis les assiettes, puis les couteaux et les fourchettes. Enfin, les chaudrons. C'est la façon de procéder, celle que lui a montrée ma grand-mère, celle des voisines, je les observe quand je vais jouer avec mes amies. Moi, j'essuie la vaisselle, j'aime ce moment à nous. Ma mère me fait parfois des confidences, j'ai l'impression d'être une femme déjà, j'ai beaucoup grandi depuis quelques mois. Mais je ne sais pas que j'aurai bientôt mes règles, je ne sais pas ce que c'est, des règles, ni comment se font les enfants. Ma mère ne m'explique pas ces choses-là. Elle me parle du voisin qui va à l'église tous les soirs, tandis que sa femme, elle, s'occupe de leurs cinq enfants. Elle parle des femmes qui n'arrêtent pas dans la maison, elle parle de la bonté de son père, ou de sa grand-mère Émilie, qui serait sûrement devenue présidente d'une compagnie, si elle vivait maintenant.

Aujourd'hui, pas de conversation sérieuse. C'est un jour de fête, la fête du Travail. Il fait doux, mes frères s'amusent sur le gazon. Nous, nous écoutons la radio, seules devant l'évier. Tout à coup, on interrompt l'émission, une voix grave fait une annonce, et je vois figer le sourire de ma mère. Elle dépose son torchon, va coller son oreille contre la radio. *Le premier ministre est mort. Maurice Duplessis est mort,* lance-t-elle, stupéfaite. *C'est toute une nouvelle pour le Québec!* Je ne comprends pas ce qu'elle veut dire. Elle ne m'a jamais parlé de lui. Ne m'a jamais dit que mon grand-père n'aimait pas Maurice Duplessis.

Le thé

Elle est assise à table, dans la cuisine, elle boit son thé. Nous sommes près d'elle, ma grand-mère et moi. Je suis grande, j'ai six ans, je sais me tenir tranquille. Habituellement, ma mère travaille dans la maison, mais pas ce matin. Hier soir, elle est rentrée de l'hôpital. Je suis contente de la voir, j'ai eu peur qu'elle ne revienne pas. Elle a eu un curetage, je sais ce que c'est. Elle a perdu le bébé qu'elle attendait, il a fallu lui nettoyer la matrice, c'est une petite poche dans le ventre pour les bébés. Tout à coup, ma mère soulève un peu sa jupe et je vois ses cuisses, roses, d'un rose presque rouge, et je me sens étourdie, je vais m'évanouir. C'est seulement de la teinture d'iode, pour désinfecter, explique maman, de l'iode comme ce qu'elle nous met sur les genoux quand nous tombons.

Je me demande si ma mère a eu mal lorsqu'on lui a nettoyé la matrice. J'ouvre grand mes oreilles pour bien entendre ce qu'elle raconte à ma grand-mère. Le bébé, elle ne le portait pas comme nous, il aurait sans doute été infirme, c'est mieux de l'avoir perdu. Et puis mon grand-père avait dit, après la naissance de mon petit frère, *Tu as assez de trois enfants*. Il n'aimait pas les grosses familles. Ma mère répète ces mots-là pour se consoler, mais ça ne me console pas, moi. Je voulais un nouveau bébé dans la maison, comme quand mes frères ne marchaient pas encore. Mais je ne le dis pas à maman.

Le collège

Elle revient de l'école, toute pimpante, dans le manteau de printemps qu'elle s'est confectionné elle-
même. Sœur Marie du Sacré-Cœur voulait lui
parler. C'est ma maîtresse de sixième année, elle est
venue de France pour nous faire la classe. Elle
connaît un tas de choses, et puis elle est belle, et
joyeuse, et patiente, elle ne nous dispute pas. Nous
l'aimons, mes amies et moi. Elle a dit à ma mère
que je devais aller au collège. Je sauterai ma sep-
tième année, mais je rattraperai vite. Et puis je ne
serai pas seule, une de mes camarades de classe
viendra aussi. *C'est comme dans un* rêve, murmure
ma mère. L'an prochain, je commencerai mon cours
classique, j'apprendrai le latin et, plus tard, le grec.
Elle rit, *Ton grand-père aurait été content.*

Sœur Marie du Sacré-Cœur a tout arrangé. J'irai
passer mes examens d'admission au collège, en haut

de la côte, sur l'avenue du Parc, et puis on demandera de l'aide au gouvernement. Depuis l'an dernier, les petites filles comme moi peuvent faire des études. Sous Duplessis, c'était aux parents de payer. Chez nous, on n'aurait pas pu. Je vois un pli se former entre les sourcils de ma mère, mais bien vite elle retrouve son sourire. *Vous êtes nés juste au bon moment*, dit-elle. *Vive Jean Lesage! Nous aussi on a le droit de faire instruire nos enfants.*

La maison

Elle est assise dans la chaise berçante qui craque, celle dans laquelle elle nous a donné tant de fois le biberon, celle des coliques et des otites. Derrière elle, la coupole de l'ancien hôpital Saint-Vincent, où je suis née. Et, cachée par les arbres, la maison qu'a fait construire mon grand-père. Elle habite cet appartement depuis plus de vingt-cinq ans, mais son cœur, lui, est resté dans *la maison*, comme elle l'appelle. Elle est arrivée là à neuf ans pour n'en partir qu'à soixante-neuf, à part de petits intermèdes. Quatre ans à Toronto, deux ans à Sherbrooke dans un loyer, deux ans à Drummondville, un an à Victoriaville. Puis nous sommes revenus à la maison. C'est là que ma grand-mère est morte, mon père aussi.

Elle se plaît ici, dans cet immeuble de la rue Bowen, tout près du parc, elle y a retrouvé d'anciennes amies de l'école primaire, et puis une petite voisine qu'elle allait garder. Elle fait tous les jours sa promenade le long de la rivière, elle aime aussi aller au Carrefour de l'Estrie en autobus. Mais ce n'est pas *la maison*. Parfois, quand je lui rends visite, nous allongeons notre promenade, nous faisons un détour par la rue Kennedy Nord. Nous nous arrêtons devant la maison. Son regard s'embrouille, dans sa mémoire défilent de belles images, mêlées sûrement à de grandes douleurs. J'attends, j'attends que les mots lui reviennent. Bientôt elle soupire, *Tout ça c'est terminé maintenant*. Puis elle reprend sa marche d'un pas décidé, elle me fait admirer le soleil couchant, l'odeur d'un lilas en fleurs ou le feuillage d'un érable. Son ancienne vie, elle l'abandonne, jusqu'à la prochaine promenade.

La rue Kennedy

La 1re Avenue Nord, c'est là qu'est *la maison*, celle qu'a fait construire mon grand-père. Jusqu'à ce que John F. Kennedy reçoive une balle dans la tête. Des dizaines de fois, nous le voyons mourir à la télévision. Tout le monde ne parle que de ça, au collège, au garage où mon père travaille, dans la ville. Au conseil municipal, on décide que notre rue s'appellera bientôt la rue Kennedy. Ma mère n'est pas d'accord. Ce n'était pas notre président à nous. *Nous, on n'est pas des Américains.* Elle n'aime pas les États-Unis, ma mère. Ils veulent contrôler la planète. Ils sont prêts à tout, les menaces, les assassinats. Elle est fière de Fidel Castro, il a réussi son coup d'État, il ne s'est pas laissé faire à la baie des Cochons. Toujours en guerre, les Américains. Mes cousins de la Nouvelle-Angleterre ont dû aller se battre. *Heureusement qu'on ne vit pas là!* Elle pense

à mes frères, *C'est plus terrible encore, la guerre,*
quand on a des garçons.

Pas question de changer le nom de notre rue.
Plusieurs voisins sont de son avis. Ma mère se mobi-
lise. À la maison, j'entends de nouveaux mots, *péti-*
tion, porte-à-porte. On discute au téléphone ou sur
le trottoir, je vois circuler des listes avec beaucoup
de noms, il faut obliger la Ville à revenir sur sa
décision. Un jour, nous apprenons que nous ne
demeurons plus sur la 1re Avenue Nord. Ma mère a
perdu sa bataille. Elle tourne la page, elle dit qu'il
ne faut jamais revenir en arrière.

Le hall

Elle est assise à côté de ses compagnes dans le hall de la résidence. On dirait un salon funéraire, les fauteuils anonymes, les plantes anonymes, la décoration anonyme, mais personne ne semble s'en rendre compte et je ne fais jamais de remarques, je me tais. L'autocar de Montréal est maintenant arrivé, elle le sait, elle m'attend. Elle ne m'a pas encore aperçue derrière la porte vitrée, elle parle, elle rit. Tout à coup, elle me voit, elle s'illumine, se lève, vient m'ouvrir. Je salue la rangée de femmes qui passent leur après-midi à tuer le temps. J'ai peur de devenir comme elles. Mais pourquoi m'inquiéter? Ma mère s'occupe bien, la lecture, les mots croisés, le téléjournal, ses promenades, elle ne s'ennuie pas, c'est ce qu'elle dit du moins.

Je m'arrête un moment, je fais la conversation, ce sont les amies de ma mère, elle aime que sa fille fasse bonne impression. Et, avec le temps, je me suis attachée à ces femmes, j'ai appris à les connaître. *Tout va bien*, me dit l'une, *le Bon Dieu est bon.* Nous nous dirigeons vers l'ascenseur, ma mère sourit, elle attend que la porte se referme, puis elle lance en fronçant les sourcils, *Dieu est peut-être bon, mais il en a oublié une maudite gang.* Je sursaute, elle ne m'a pas habituée à des mots aussi crus.

Le répit

Elle prend un moment de répit, elle vient s'asseoir avec nous sur le canapé rouge vin, en face du piano. Mes amies adorent ma mère, elles se sentent comprises. Elles lui racontent leurs coups de foudre, leurs peines d'amour, leurs projets. Moi, je suis un peu jalouse, et fière d'elle aussi, j'ai une mère exceptionnelle puisque mes amies l'aiment. Mais je ne lui raconte rien, je ne veux pas de ses conseils. Aujourd'hui, pas de confidences, nous sommes sous le choc. Une de nos compagnes a quitté le collège, elle ne terminera pas son année. À la récréation, des filles chuchotaient qu'elle allait se marier. Se marier à seize ans ? Surtout elle, la plus sage de la classe, on ne savait même pas qu'elle avait un amoureux. Nous, nous voulons nous marier, mais pas tout de suite. Plus tard, après nos études. Ma mère nous approuve. C'est important l'instruction, le mari qui meurt ou qui part, il faut s'attendre à tout avec la vie de maintenant. D. ira en travail social, L. étudiera la psychologie, C. enseignera la musique. Moi aussi, j'enseignerai, mais le français. Ma mère sourit, elle est contente. Quand je faisais du théâtre, je voulais devenir actrice, je rougis d'avoir eu une idée aussi folle. Ces rêves-là, ce n'est pas pour des gens comme nous.

L'hôpital

Elle est assise dans un lit très haut, tout blanc. Hier soir, pendant le souper, elle a poussé un cri, puis de l'eau a coulé entre ses cuisses et tout le monde a cessé de manger. Ma tante a dit à mon oncle d'aller la reconduire tout de suite à l'Hôtel-Dieu. Moi, je suis restée avec mes cousines, elles m'ont emmenée chez mon grand-père et ma grand-mère. Ce matin, mes cousines m'ont dit, *Tu as un petit frère.* Je ne sais pas ce que c'est, un petit frère, mais il est avec ma mère à l'hôpital, on va aller le voir. Elles m'ont mis une robe jaune avec des volants, des bigoudis dans les cheveux. Elles ont dit que j'étais belle comme Shirley Temple. Je ne sais pas qui est Shirley Temple.

Maman a un drôle de sourire dans son lit tout blanc, elle me préfère avec les cheveux raides et des salopettes, je sais, tant pis pour Shirley Temple. Mais elle ne le dit pas à mes cousines, elles aiment les cheveux frisés, et puis elles sont si contentes de me faire des robes à volants. Moi, je suce mon pouce, je voudrais que maman revienne à la maison. Elle va revenir, elle promet, avec le petit frère. Je sais maintenant ce que c'est, c'est une grosse poupée qui fait pipi pour de vrai. Elle me le prêtera peut-être pour jouer. C'est encore mieux qu'un chat.

La résidence

Elle me tend la lettre qu'elle a reçue. L'immeuble qu'elle habite depuis plus de vingt ans a été vendu, il deviendra une résidence pour personnes âgées. Elle est indignée, elle devra prendre ses repas dans la salle à manger, il y aura aussi une femme de ménage. *Cuisiner, ça m'occupe*, dit-elle. *Qu'est-ce que je vais faire maintenant de mes journées? Et puis je ne veux pas voir une étrangère mettre le nez dans mes affaires.* Si elle refuse, elle sera forcée de déménager. Ses parents habitaient la rue Bowen quand elle est née, elle aime le parc où elle fait tous les jours sa promenade, elle peut contempler ses arbres aussi longtemps qu'elle le désire, et sa rivière, et le rocher du Pin solitaire, et son héron l'été. Plusieurs amies demeurent dans l'immeuble, elle se demande ce qu'elles vont décider, sans doute certaines partiront-elles. *Je ne suis pas la seule à être furieuse.* Sous la

[125]

colère, je sens l'inquiétude, et la tristesse, et l'impuissance, ce n'est pas drôle pour elle d'avoir le sentiment qu'elle ne peut rien contre le mauvais sort. Ni pour moi. Je ne peux rien pour elle, seulement la laisser s'exprimer.

Tout à coup, la sonnerie du téléphone dans le salon. Elle va répondre, s'anime, retrouve son sourire. Elle repose le combiné et me regarde. Des résidents organisent une marche autour de l'immeuble. Je lui demande si elle ira. Elle me répond d'une voix assurée, *Je suis encore capable de me battre.*

Le garage

Elle nous demande de nous préparer, nous partirons bientôt. Nous allons voir mon père au garage où il travaille. Durant la semaine, il s'occupe de l'entretien ménager et, la fin de semaine, il est veilleur de nuit. Le dimanche, après le souper, nous montons la côte King, jusqu'à la 11e Avenue. Nous pourrions faire le trajet les yeux fermés. Mon père est content de nous voir, *Ça le désennuie*, dit ma mère. C'est long, toute une nuit !

Nous nous assoyons ensemble dans la salle d'exposition, au milieu des autos neuves, qui nous font rêver. Nous, nous n'avons pas d'auto. Plus tard, si nous étudions bien, nous pourrons en acheter une, et prendre des vacances, et aller en voyage. Nous ne serons pas obligés de faire attention à tout, comme nos parents. Mais ils ne se plaignent pas. Mon père aime ses compagnons de travail, il revient toujours avec de bonnes blagues. Ma mère rit avec lui. Avant, il était gardien à la prison, mais il n'aimait pas ça. Ma mère, elle, aime que mon père travaille. Quand il était malade, elle avait du mal à joindre les deux bouts. Maintenant, elle peut dormir en paix. Mais je sens qu'elle est inquiète de le voir passer la nuit tout seul, dans cette bâtisse pleine de recoins. Il pourrait y avoir des voleurs. L'autre gardien a un gros chien. Mon père, lui, n'en veut pas, il dit qu'il n'a pas peur. Moi, je suis comme ma mère, j'ai un pincement au ventre chaque fois que j'embrasse mon père avant de le quitter.

L'album

Elle dépose sur la table une boîte de chocolats Laura Secord remplie de photos, elle veut me montrer Émilie dans sa longue robe noire. Une robe de religieuse, que sa grand-mère avait revêtue dès l'âge de trente ans. Elle rit, *L'âge où les femmes devenaient vieilles.* Je calcule. Émilie est morte à quatre-vingt-treize ans, elle s'est sentie vieille pendant plus de soixante ans. J'en frémis. Ma mère, elle, ne passe pas de commentaires. Elle est retournée à ses souvenirs, Nicolet, le couvent, ses cousines, le grand-père Louis, le boulanger, des personnages que j'ai l'impression d'avoir connus moi aussi tellement ils me sont familiers. Elle aurait été une bonne romancière, elle raconte bien.

Soudain, comme si elle venait d'avoir une illumination, elle se lève, se dirige à petits pas vers sa chambre. Elle revient aussitôt avec trois albums tout neufs. *J'ai décidé de vous remettre à chacun les photos de votre enfance. Le moment est venu.* Le cœur me serre, je comprends bien ce qu'elle veut dire. Elle me tend un album à la couverture multicolore, tout en dégradés. Des teintes claires ou sombres, joyeuses ou sérieuses, audacieuses ou discrètes. Comme elle, ma mère. *C'est pour toi*, dit-elle simplement.

La lecture

Ma mère lit, les sourcils froncés, dans son fauteuil. Elle trouve que, à la télévision, ce sont toujours les mêmes histoires. Et puis elle devient sourde, mais ne veut pas l'admettre. *Les gens mangent leurs mots aujourd'hui, je ne les comprends pas.* Elle préfère la lecture, elle a du temps maintenant. Depuis la mort de mon père, il lui faut s'occuper. Chaque fois que je viens, je lui apporte des livres. Elle a lu tout Gabrielle Roy, les mémoires de Simone de Beauvoir, les romans de Marguerite Duras, et Karen Blixen, et Nina Berberova. Et puis Anne Hébert, mais elle n'a pas aimé, c'est violent, Anne Hébert. Elle n'a pas aimé non plus *Les souffrances du jeune Werther*, qu'elle m'avait pourtant demandé. *C'est exagéré, se tuer par amour.* Mais elle a adoré Don Quichotte et sa Dulcinée. Et Sancho. Et puis *À la recherche du temps perdu*. Elle préfère les classiques aux romans de l'année. *À mon âge*, dit-elle, *on veut lire des livres qui restent, des livres importants.*

Avec la lecture, on ne s'ennuie jamais. Elle tient ça de son père. Avant son mariage, il était allé travailler à Ottawa pour pouvoir lire des livres à l'index. Au Québec, on ne le pouvait pas. C'est une honte, je trouve, mais ma mère ne se fâche pas, c'était la vie de cette époque-là. Elle n'a plus envie de se mettre en colère, elle veut maintenant voir le bon côté des choses. Il ne lui reste plus beaucoup de temps, pourquoi gâcher celui qu'elle a?

La sortie

Elle se tient debout, dans sa chambre, devant le miroir de sa commode. Elle replace ses cheveux, se met de la poudre sur les joues, puis sort son tube de rouge à lèvres. Elle s'examine, se fait un sourire pour se donner un peu de courage. Hier soir, elle a longuement hésité avant de se choisir une robe. Nous avons discuté, écouté les prévisions de la météo, elle a finalement décidé qu'elle porterait la bleue, pas trop habillée, juste assez. Elle veut bien paraître, nous allons chez son médecin. C'est le petit-fils de son ancien marchand de coupons, il lui rappelle les années où elle cousait tard dans la nuit. Elle l'aime bien, mais elle le craint. S'il fallait qu'il lui trouve une maladie, décide de l'hospitaliser, en arrive à la placer! J'essaie de la rassurer, je lui répète, *Tout ira bien, tu verras.* Mais elle ne veut rien entendre.

Tout à l'heure, le médecin écoutera son cœur, prendra son pouls et sa tension, lui posera des questions sur son sommeil, son appétit, son arthrite. Elle répondra oui très vite pour ne lui laisser aucun doute sur son état. Il conclura, comme d'habitude, *Vous allez dépasser les cent ans.* Et elle se détendra, lui fera un visage rayonnant. Elle retrouvera un pas presque sautillant, babillera gaiement en attendant le taxi, décidera de commander du poulet en arrivant à la maison. Et moi, attendrie, je voudrai croire que nous aurons notre mère encore longtemps.

L'événement

Elle est assise à table, près de la fenêtre, elle se repose, elle boit son thé. Et moi, je suis assise devant elle, je lui raconte le grand événement de la journée. Je n'en reviens pas. L'un de nos professeurs est tombé amoureux fou d'une femme, pour elle il vient de quitter son épouse, ses quatre enfants. Dans la classe, nous sommes pleins d'admiration, n'est-ce pas beau un homme de cet âge encore capable de suivre son désir, de changer de vie ? Je voudrais être comme lui, moi aussi. Courageuse, déterminée. Aventureuse.

Au bout de la table, ma mère porte la tasse à ses lèvres, puis la repose lentement sur la nappe, elle m'écoute en silence, elle fronce les sourcils. Quand elle fronce les sourcils, c'est mauvais signe, elle n'est absolument pas d'accord avec moi. Mais elle m'écoute, elle me laisse finir. Puis elle articule d'un trait, *As-tu pensé à la pauvre femme qui reste seule avec quatre enfants?* Décidément, ma mère ne comprend rien à la passion ni à la mentalité *peace and love.* Je me lève, je quitte la cuisine, et ma mère, et ses idées d'une autre époque. Je ne lui raconterai plus rien.

Le repas

Elle est assise bien droite sur sa chaise, dans la salle à manger. Ce soir, elle m'a invitée, elle veut me présenter les pensionnaires qui partagent sa table. Elle ne se souvient plus que je suis venue, il y a quelques semaines. Elle perd la mémoire, j'essaie de m'y faire. Nous sommes cinq à table, quatre femmes et un homme. Il y a peu d'hommes à la résidence, ils meurent plus jeunes, c'est connu. La nourriture n'est pas mauvaise, seulement fade, banale, comme dans les cafétérias. Je mange en posant des questions, comment va la santé, et la vie, les enfants ? On s'empresse de me répondre, j'apporte une touche de joie dans le repas. C'est peu, je sais, mais je ne peux faire davantage.

Un jour, je serai dans une résidence comme celle-ci. J'observe ces femmes d'autrefois qui ont trimé dur, ont élevé de grosses familles. Monsieur R., lui, a été infirmier à l'hôpital, tout près. Ma mère ne parle presque pas. Elle écoute, elle devient de plus en plus sourde, elle ne se risque plus vraiment à la conversation. Je lui répète lentement ce qu'on dit, elle acquiesce, sourit. Le cœur serré, je me demande si elle mange en silence quand je ne suis pas là, est-ce qu'elle en souffre? Mais on s'occupe d'elle autour de la table, les pensionnaires l'aiment bien, *Elle est si gentille, votre mère,* on n'arrête pas de me le mentionner. Et j'acquiesce, elle n'est pas devenue acariâtre. Elle n'a pas de maladie grave, il faut dire, elle ne souffre pas, elle apprécie ce qu'elle a. Elle a su bien vieillir.

Le coucher

Elle s'assoit dans le lit, au milieu de nous. Nous sentons le savon parfumé, les draps séchés au soleil, les pyjamas propres. C'est samedi, le soir du bain. Elle a fait chauffer le poêle à bois, pour avoir de l'eau bien chaude, et elle nous a lavés à tour de rôle dans la baignoire. Nous serons propres pour la messe du dimanche. À la maison, il y a des jours pour chacune des activités. Le lundi, c'est le lavage ; le mardi, le repassage ; le mercredi et le jeudi, la couture et, quand c'est nécessaire, les courses. Le vendredi, après le marché, c'est le ménage. Le samedi, tout le monde prend son bain. Et le dimanche, après la messe, ma mère fait seulement la cuisine. Mais, tous les soirs, elle nous lit une histoire.

Ce soir, elle ouvre le livre de Tante Lucille, elle nous racontera *La fée des fraises de l'île d'Orléans*. L'île d'Orléans, c'est une vraie île, près de Québec.

Notre aïeule Éléonore habitait là, dit ma mère. Il y a des fraises, mais pas de fées. Les fées existent seulement dans les contes, comme les génies. Comme le père Noël. Mais je ne le dis pas à mes frères, ils sont trop petits. Je fais semblant de croire à la fée des fraises, elle est belle sur l'image, elle apporte le bonheur, j'aime les histoires de ma mère, qui finissent toujours bien. Ensuite, ma mère nous bordera, nous donnera un baiser sur le front, éteindra la lumière. Moi, j'essaierai de rester éveillée. Pour entendre ce qu'on dira dans la cuisine.

L'inondation

Elle a une voix claire au téléphone ce matin, et enjouée, elle me raconte fièrement son exploit. Hier soir, l'eau de la rivière s'est mise à monter et à monter, on a ordonné aux résidents d'évacuer l'immeuble, on irait les conduire dans le gymnase d'une école. Elle n'a pas voulu nous prévenir, elle est sortie avec sa brosse à dents et quelques vêtements. Mais en bas, dans l'autobus, elle a décidé de remonter chez elle, elle ne se voyait pas tout quitter, l'eau n'atteindrait sûrement pas le cinquième étage. Plusieurs de ses amies l'ont suivie. Comme ma mère, elles ont passé la nuit chez elles. *Ce n'est pas ma première inondation. Ces prétendus sauveteurs, ils n'ont encore rien vu.* Elle me parle souvent des inondations de sa jeunesse. Sur une photo, elle est dans une chaloupe, qui avance au centre de la rue Saint-François. Elle a l'air de s'amuser. *Pourquoi est-ce que les gens ont peur de tout aujourd'hui?*

La prochaine fois, il serait plus prudent de quitter l'immeuble, j'essaie de le lui dire doucement, il y a des risques. *Des risques?* Elle se met à rire. Elle a dormi dans son lit, et bien dormi d'ailleurs. La prochaine fois, elle agira de la même façon, ce n'est pas maintenant qu'elle va commencer à obéir à des hommes plus jeunes que ses petits-fils. Ni à moi ni à mes frères. Qu'on se le tienne pour dit.

Le téléphone

Elle se réveille, dans son lit blanc, fraîche comme si elle était à l'hôtel. Puis elle m'aperçoit au téléphone, demande à qui je parle. Je lui réponds, *À J.-P., ton gendre. Il va venir demain.* Sa figure s'éclaire, elle veut lui dire un mot. Elle est vraiment en pleine possession de ses moyens, on dirait que le médecin m'a menti tout à l'heure. Elle parle d'une voix ferme, joyeuse, elle dit, *Je vous attends, J.-P. J'ai hâte de vous voir.* Puis elle me tend le combiné. J'ai l'impression de rêver. Voici l'infirmière, qui vient vérifier si tout va bien. Ma mère lui demande qui elle est, elle nous dit d'aller nous coucher, toutes les deux, elle veut dormir. L'infirmière me sourit et sort. Pour le moment, nul besoin de médicaments, ma mère n'éprouve aucune douleur, est-ce un miracle? Je lui dis que je vais dormir ici, dans le fauteuil. Elle s'assure que c'est vrai, je m'assois, ferme les yeux. Elle se rendort bientôt.

Vingt heures trente, c'est la nuit noire, la nuit glaciale, la nuit sans pitié. Dans la pénombre de la chambre, je me demande si ma mère sera toujours vivante demain matin. J'attends, je veille, je me prépare, les prochaines heures risquent d'être difficiles. Je dis *difficiles* pour éviter le mot *insupportables*. Je voudrais que ma mère meure tout de suite, puisqu'on ne peut plus rien pour elle. Je ne veux pas la voir souffrir. Si j'étais croyante, j'implorerais Dieu, la Sainte Vierge, tous les saints. Je sais que je ne peux rien faire. Sauf appuyer sur la sonnette pour demander de la morphine.

Les cartes

Elle fronce les sourcils, noirs, encore fournis malgré ses quatre-vingt-seize ans. Elle trie les cartes, me les tend. Elle me dit, *Fais un désir*. Le désir des quatre as. Je connais, ma grand-mère m'a montré à tirer aux cartes dès que j'ai été assez grande pour le faire. Je brasse, les yeux au ciel, comme si j'y croyais. Et ma mère me sourit, comme si elle y croyait. Voilà, elle étend les cartes sur la table, et je la regarde, nous voudrions toutes deux que les quatre as se retrouvent l'un à côté de l'autre, j'ai fait un vrai désir, sait-on jamais! Mais les quatre as sont séparés par le sept de pique, *Une petite déception*, dit ma mère. Elle semble aussi déçue que moi, me demande si je veux recommencer. Je hoche la tête, demain peut-être. J'ai beau ne pas croire à ces superstitions, je ne veux pas avoir une deuxième déception.

[145]

À mon tour maintenant de la tirer aux cartes. Je lui demande de brasser. Le cœur me bat plus vite, je voudrais qu'il n'y ait pas de pique. Des cartes rouges seulement, amour, surprises, cadeaux, argent. Je l'observe pendant qu'elle brasse, les yeux au ciel, elle aussi. Nous sourions toutes deux. Puis elle me donne le paquet et j'étends les cartes sur la table, elle observe attentivement, les sourcils toujours froncés. Tout à coup, elle lève son index crochu, me montre la mort, à côté de la dame de trèfle. Et je lui réponds, trop vite, *C'est T., la tante de J.-P., le médecin ne lui donne que quelques mois.* Elle se détend, elle acquiesce. Oui, T., pourquoi n'y a-t-elle pas pensé? La mort n'est pas pour elle, la mort ne viendra pas.

Le rendez-vous

Elle m'aide à mettre mon manteau et mon béret, je vais retourner à la maison avec elle, je suis contente. Ma mère est venue à l'école, elle avait demandé un rendez-vous après la classe avec ma maîtresse, ma grand-mère garde mes petits frères. Elle voulait que Mme G. me laisse écrire de la main gauche. Mes amies, elles, sont droitières, elles font de beaux devoirs. Moi, quand j'écris de la main droite, mes lettres sont toutes croches, j'ai honte, j'aimerais mieux rester à la maison. Elle a dit, *Ton grand-père aussi était gaucher, c'est pas une maladie.* Je sais, on a encore ses ciseaux de tailleur, des ciseaux spécialement pour lui, il a toujours gagné sa vie.

Ma mère a expliqué à Mme G. que je n'ai jamais réussi à manger de la main droite, ni à dessiner, ni à découper, ni à lancer une balle. Je suis née comme ça, on est beaucoup, il paraît qu'il y aurait

des milliers de gauchers si on les laissait tranquilles.
Mme G. a écouté, puis elle a dit oui parce que c'est
ça que ma mère voulait. Maintenant, je vais pouvoir
écrire à ma manière, moi aussi j'aurai des devoirs
propres. Et des anges roses dans mon cahier.

La loto

Elle a mis sa robe de chambre, elle se berce devant le téléviseur, ses billets de loto à la main. Elle attend les résultats du 6/49. Elle dit en riant, *Cinq millions! Je me contenterais de cent mille dollars.* Que ferait-elle à son âge avec de l'argent? S'habiller? Voyager? *Je ne sors plus, je suis heureuse chez moi.* Elle ne ment pas. Mais les soirs de loto, elle rêve. Elle partagerait avec nous, ses enfants, un peu inquiète pourtant. Si ses petits-enfants ne voulaient plus travailler? L'oisi-veté est la mère de tous les vices, on le sait. Tout le monde a trimé dans la famille, elle la première, comme ses parents. Et mon père, pendant la Crise, montait des poches de charbon au troisième étage pour un dollar par jour.

Enfin, le boulier de Loto-Québec, et l'hôtesse tout sourire, les nombres sortent un à un, elle tend l'oreille, elle entoure un premier nombre sur son billet, puis un deuxième, mais pas de troisième. Le boulier s'arrête. Déçue, elle soupire, *Je ne gagne jamais*. Que d'argent jeté à l'eau au fil des années! Chaque semaine, elle décide d'arrêter de miser. Mais je la convaincs, pourquoi ne pas se faire ce petit plaisir? Elle se remet à rire, elle conclut, *C'est une taxe volontaire au fond, c'est bon pour le Québec.*

Le catalogue

Toute souriante, elle m'apporte le nouveau catalogue d'Eaton, celui du printemps. Le facteur vient de le livrer. Ce soir, en prenant son thé, elle va le feuilleter, puis noter des idées pour les vêtements qu'elle nous confectionnera. Des robes pour elle et pour moi, des habits pour mes frères, des pantalons pour mon père. Moi, je vais passer des heures à regarder chaque page. Je trouve les femmes belles, bien habillées, bien coiffées. Les tables sont toujours parfaites, aucune tache sur les nappes, aucune assiette dépareillée. Et les canapés sont à la mode. Plus tard, moi aussi j'aurai une maison comme celles-là. Et un mari aussi élégant qu'un mannequin. Et des enfants propres, même après avoir joué dehors toute la journée.

Ma mère, elle, ne rêve plus, elle se contente de la vie qu'elle a, les verres de lait répandus, le tablier avec des traces de sauce, la vieille vaisselle, nos pantalons tachés d'herbe et de boue le soir. Elle ne nous dispute pas, elle répète souvent une phrase que disait mon grand-père, *On ne peut pas accrocher les enfants sur les murs.* Quand même, moi j'ai de l'ambition, j'essaierai de faire mieux qu'elle, c'est si beau dans le catalogue d'Eaton. C'est comme à la télévision, dans *Papa a raison.*

Le ciel

Elle est étendue sur la soie blanche, au milieu des bouquets blancs. On dirait qu'elle dort, comme dans son lit d'hôpital, la nuit de sa mort. Nous sommes tous tassés autour d'elle, nous, ses enfants et ses petits-enfants. Nous avons l'air de chiots abandonnés, même si nous n'en avons plus l'âge.

Grand-maman a l'air d'une statue, dit mon petit-fils. Je me ressaisis, j'essaie d'expliquer, mais l'enfant ne comprend pas. Personne ne comprend la mort d'ailleurs, mais je lui raconte une histoire de paradis où on se repose pour toujours. Un jour, quand nous serons très vieux, nous aussi, notre âme montera au ciel, très haut, plus haut que les nuages, et nous irons rejoindre grand-maman. L'enfant me regarde, perplexe, il ne veut pas aller au ciel, il veut que son arrière-grand-mère revienne dans son appartement, au milieu de ses fleurs vivantes qu'elle lui laisse arroser l'été, sur le balcon.

L'enfant deviendra grand, il aura peut-être des enfants, et il me regardera, couchée moi aussi sur la soie blanche, au milieu des fleurs blanches. C'est lui qui expliquera alors à son petit-fils ou à sa petite-fille que grand-maman vit maintenant avec les anges. Et que nous serons un jour tous réunis, comme au jour de l'an.

Le chemisier

Elle me montre le patron de la blouse qu'elle vient de se tailler. Un chemisier bleu gris, aux manches trois-quarts. L'été, elle ne porte plus de décolletés ni de corsages sans manches. *Les vieux sont comme les oiseaux*, dit-elle, *ils sont plus jolis avec leur plumage*. Je lui réponds qu'elle est encore belle, le teint rosé, moins de rides que des femmes beaucoup plus jeunes. Elle me regarde, mais je ne la convaincs qu'à moitié, elle n'aime plus son corps. Vieillir est un deuil, je l'éprouve moi aussi, je me rappelle la première ride au coin de l'œil, le premier renflement sous la paupière.

Elle s'est tue et je n'insiste pas. L'essentiel a été dit. Je la trouve encore belle, elle a entendu, la phrase fera son chemin, je l'espère. Ma mère est vieille, je n'arriverai pas à la consoler. On affronte seule la vieillesse, on fait seule un jour le grand saut dans l'abîme. C'est le tragique de notre condition. Ma mère ne se révolte pas, moi non plus, à quoi bon?

Soudain, elle retrouve son énergie. Elle se lève, prend le tissu et le patron sur la table, fait quelques pas en direction de sa chambre. Puis elle s'arrête, se tourne vers moi et me regarde. *C'est maintenant qu'il faut montrer tes bras*, lance-t-elle en riant. *N'attends pas!*

Les Rois

Elle s'est levée très tôt ce matin, elle a mis la dinde au four, elle a fait cuire les canneberges. Hier, elle a préparé les tourtières, fait son gâteau. Le sucre à la crème, c'est ma grand-mère qui l'a préparé. Le réfrigérateur déborde. Bientôt, toute la famille de mon père sera là. Au jour de l'an, nous allons chez mon oncle et, aux Rois, la famille vient. Mais la vraie fête, c'est la fête du Travail, quand un autre oncle nous reçoit à Saint-Antoine-du-Richelieu. Il a acheté la ferme familiale, il a un gros chien, des vaches, des poules et toute une colonie de chats dans la grange. J'aime la grande maison, avec une galerie tout autour. Ma tante nous laisse courir, mes frères et moi. Et, dans le grenier, il y a des boulets de canon du temps des Patriotes. Ils se sont battus contre les Anglais, a dit ma mère. Mon oncle prononce toujours le mot *Patriotes* avec un tremblement dans la voix. Il est fier d'eux, fier de sa famille, qui les cachait. Et moi aussi, puisque c'est ma famille.

Ce soir, mon oncle de Saint-Antoine viendra lui aussi, avec ma tante. Ils ont laissé la ferme à mon cousin, il y a moins de travail l'hiver que l'été. J'ai hâte, mon oncle a tellement de choses à raconter. Lui, il se souvient de sa mère. Il se fâchera en parlant de l'orphelinat, les sœurs étaient dures, il les déteste. Mon père fumera ses cigarettes sans dire un mot. Ma mère non plus, ce n'est pas sa famille, elle préfère se taire. Demain, je sais ce qu'elle dira. *Avec quatre ou cinq cents enfants, les sœurs faisaient ce qu'elles pouvaient.* Mon père l'approuvera, il y en avait qu'il aimait bien. Mais lui, il ne se souvient plus de sa mère. Quand elle est morte, il était trop petit.

Le chantage

Elle fait les cent pas dans le salon, le visage défait. Ma tante ne lui a pas téléphoné depuis cinq jours. J'essaie de la rassurer, sa sœur la boude, tout simplement. Parfois, elle décide de ne plus lui donner de nouvelles. Ma mère tient quelque temps, mais elle finit toujours par l'appeler, l'invite à dîner. Je dis, *Elle te fait du chantage. Cette fois, tu devrais l'ignorer.* Mais je parle en vain, l'inquiétude va monter et monter, ma mère imaginera le pire, une chute, une crise cardiaque, sa sœur sans secours dans son appartement. Elle va céder, comme d'habitude, elle décrochera le combiné, composera le numéro de téléphone de ma tante. Je sens de petites épingles s'enfoncer une à une le long de ma nuque, jusqu'à la mâchoire.

J'aurais voulu que ma mère résiste pour une fois. Inutile de lui montrer ma colère, je ne vais qu'ajouter de la tristesse à l'inquiétude. Elle me dira, *Ta tante est malade.* J'entends cette phrase depuis que je sais parler, mais je refuse que ma mère paie la note, elle a le droit d'avoir une vieillesse sereine. Je sais trop bien, elle se sent responsable d'elle. Pire encore, coupable, comme les survivants d'un accident, quand la famille a péri. J'en veux à ma tante, elle se comporte comme une enfant tyrannique, j'en veux à ma mère de son indulgence. Ce soir, sous la mauvaise lumière du salon, j'entendrai, *Tu ne peux pas comprendre.* Et je ne voudrai pas comprendre. Je n'ai jamais voulu comprendre que ma mère s'acharne à aimer sa sœur qui ne lui montre aucune reconnaissance, alors que nous, ses enfants, nous faisons tout pour ne pas lui donner de soucis.

Le reprisage

Elle se tient devant moi, dans la vieille robe de nuit rose qu'elle refuse de jeter, les cheveux en bataille. Pas de chance, je croyais qu'elle se réveillerait plus tard. Elle demande de sa voix enrouée, *Qu'est-ce que tu fais?* Elle le voit, je suis en train de réparer l'ourlet d'une de ses jupes. Je lui réponds, posément, *L'ourlet de ta jupe est défait.* Maintenant, c'est à mon tour de voir à ses vêtements. De veiller à ce qu'ils soient propres, repassés, reprisés. Tout à l'heure, j'ai glissé dans ma valise une robe irrécupérable, elle refusait de la jeter. Heureusement, avec sa mémoire de plus en plus vacillante, elle oubliera sa robe, sa jupe, la petite friction que nous avons eue hier soir. *Je ne veux plus que tu fasses mon lavage, je suis encore capable.* Nous nous disputons de plus en plus souvent quand je viens, je ne m'y habitue pas.

Je me prépare à une autre friction ce matin, je me referme comme une huître, je continue mon travail, ma main gauche qui va et vient, l'aiguille, le lainage, comme elle m'a montré à le faire quand j'étais adolescente. De fait, elle prend une respiration, une mauvaise ride se creuse à la commissure de ses lèvres, elle pointe son index vers moi. Puis elle articule lentement, *L'écriture, c'est ton affaire, je ne m'en mêle pas. Mais la couture, c'est mon affaire à moi, je ne veux pas que tu touches à mes vêtements, tu m'entends?*

La naissance

Elle n'a pas sa voix habituelle, je le sens dès que je décroche le téléphone, elle est tout à sa joie. La voici grand-maman pour la quatrième fois, une autre fille. Deux garçons et deux filles, elle se trouve comblée. Nous aurions été quatre nous aussi, si elle n'avait pas fait une fausse couche. Je ne sais pas si elle y pense ce soir, je n'en parle pas. Elle a toujours aimé les enfants. Quand nous étions petits, c'était le bonheur, dit-elle souvent, sous la mauvaise lumière du salon. Dans ses yeux passent des images de nous, nos bottines blanches, nos jouets, nos rires, nos larmes, et les maladies rapportées de l'école, les nuits passées à nous soigner. Elle regrette de nous voir grands. La vie va trop vite mais, heureusement, elle a des petits-enfants! Et cette petite, toute rose, elle l'a bercée toute la journée. Comme c'est doux, un bébé dans les bras!

Depuis la mort de mon père, c'est devenu plus précieux encore, un petit corps qui se colle contre sa peau à elle, cette chaleur moite, cette odeur de lait chaud et de poudre. Elle n'a plus que ces caresses-là. Et nos baisers à nous, à chacune de nos visites. De grosses bises sur les joues, trop vite données, trop pudiques. Il faudrait que j'apprenne à serrer ma mère contre moi, mais je ne sais pas si j'en serais capable, je ne sais pas comment elle réagirait. Ma pudeur, elle me vient d'elle. Nous sommes toutes deux prises dans le même filet.

Le lever

Elle avance péniblement en s'appuyant sur sa marchette. Souriante, elle arrive enfin à la table, nous salue, J.-P. et moi. Je recule sa chaise, l'aide à s'asseoir, lui apporte une orange et une tasse de café. Elle promène les yeux autour d'elle, puis nous regarde, étonnée, nous demande où sont sa mère et sa sœur. Je n'ai pas le courage de lui dire la vérité. Je baisse les yeux, je balbutie qu'elles sont sorties. *Déjà?* dit-elle, en regardant l'horloge. Elle n'ajoute rien de plus, prend une gorgée de café. Soulagée, je me dirige vers le grille-pain. Peut-être vaudrait-il mieux lui dire la vérité. Est-ce pure bonté chez moi ou manque de courage? Tous les matins, elle cherche ses morts, sa mère et sa sœur, souvent mon père. Mais étrangement, jamais mon grand-père, comme si elle avait cessé depuis longtemps de l'attendre.

Depuis la cuisinette, j'écoute, elle répond à J.-P., qui lui fait la conversation. Elle a passé une bonne nuit, elle admire le soleil, on ne se dirait pas à la mi-décembre. Puis tout à coup, sa voix se fait toute petite, elle murmure, *Comment s'appelle la femme qui est avec vous ce matin?* J'entends, *Votre fille. Votre fille.* Et elle, aussitôt, *Il me semblait bien que je l'avais déjà vue.* J'ai un drôle d'air quand je reviens avec les rôties et le pot de confiture. C'est la première fois que ma mère ne me reconnaît pas.

Le Carrefour

Elle jette un coup d'œil à sa montre en marchant d'un pas léger, sautillant. Nous serons à temps, nous pourrons prendre le prochain autobus pour le Carrefour de l'Estrie. Nous irons chez Eaton, nous nous promènerons dans le rayon des dames, puis nous irons voir les soldes. Souvent, nous trouvons là un chandail, une blouse ou un manteau à un prix ridicule. Personne ne saura que nous avons payé si peu, ma mère aura l'impression d'avoir leurré la terre entière. Ensuite, nous mangerons une bouchée et nous visiterons les boutiques de vêtements pour dames tout autour du mail. Il y en a au moins une cinquantaine. Les vêtements, c'est notre complicité, c'est la mémoire de mon grand-père tailleur. Et de ma grand-mère, qui adorait les chapeaux. Comme si les années n'avaient pas passé.

Elle n'aime pas les magasins où les vendeuses nous talonnent, elle veut seulement regarder, savoir quelle est la longueur des jupes, et puis les couleurs à la mode. Elle examine soigneusement les coupes et les tissus. *Aujourd'hui, avec les tissus synthétiques*, dit-elle à chaque fois, *les vêtements ont l'air* cheap. Elle prend une étiquette, fait une grimace en lisant le prix. *Décidément, les femmes se font voler.* Je ne lui rappelle pas que les femmes ont maintenant un travail, elles n'ont plus le temps de coudre. Je la laisse rêver à sa vie d'avant. Il lui vient tout à coup des projets de couture, elle a retrouvé sa voix de jeune femme, elle ouvrira sa machine Singer dès le début de l'automne, elle se le promet. Et moi, je me promets d'aller magasiner avec elle plus souvent.

La conversation

Elle parle à voix basse à ma grand-mère dans la cuisine, elle pense que je dors. Mais j'ouvre grandes les oreilles pour entendre. Demain, elle va acheter des choses pour ma tante à Saint-Michel-Archange. Je l'ai vue, il y a longtemps déjà. Mon grand-père est allé la reconduire à Québec en ambulance. *C'est ça qui l'a tué*, dit ma grand-mère. Il a eu beaucoup de peine, il est tombé malade juste après, un ulcère d'estomac. Je connais toute l'histoire. Ma tante faisait de drôles de choses, les médecins n'arrivaient pas à la guérir, même ceux de Montréal que payaient mes grands-parents. On ne pouvait plus la garder à la maison. *La maladie mentale, c'est pas comme la grippe,* soupire maman.

Ma grand-mère a beaucoup de peine, mais elle est plus forte que mon grand-père, il paraît. Elle répète tous les jours qu'on doit garder le taquet haut.

Elle veut dire qu'il ne faut pas se laisser aller. Ma mère ne se laisse pas aller, elle non plus. Elle n'a pas le temps avec tout le travail dans la maison. Et ma grand-mère lui demande d'envoyer plein de choses à ma tante, des vêtements, des confitures, des chocolats. *On a été obligés de la placer,* dit ma grand-mère, *mais on ne l'oublie pas.* Maman répond, *Non, on ne l'oublie pas.*

Le cinéma

Elle n'a plus l'âge, elle le dit d'une voix décidée. Le cinéma, elle y allait toutes les semaines avec son père et sa petite sœur quand elle était enfant, mais elle aime mieux demeurer à la maison maintenant. J'insiste pour la forme, je sais qu'elle ne changera pas d'avis. C'est presque maladif chez elle, ce refus de quitter son appartement. Comme si son monde allait s'écrouler pendant son absence. Moi, je continuerai à voyager, à voir des spectacles et des films jusqu'à la fin.

Elle enfile sa vieille robe de chambre en coton, s'assoit dans la chaise berçante, toute souriante, elle dit, *On va jaser*. C'est ce qu'elle désire, parler, elle n'a plus personne avec qui bavarder depuis qu'elle vit seule, je me prépare à écouter les souvenirs qu'elle m'a racontés cent fois. Ses yeux s'illuminent, elle est en 1927, dans la Ford que son père a achetée, ils font leur balade du dimanche, ils ont une crevaison, tout le monde doit descendre pour que mon grand-père la répare, *On avait du plaisir.* Et voici surgir la grand-mère Émilie, qui disait à ses filles, *Fermez la radio, les voisins vont penser qu'on se chicane.* Elle se demande ce que dirait sa grand-mère de la vie actuelle, la télévision, Internet, Skype, et les coups de téléphone qu'elle peut donner à Hong Kong pour parler à son petit-fils, on n'aurait jamais imaginé ça à l'époque. Elle rit de bon cœur, elle a rajeuni de trente ans.

Après le journal télévisé, elle dira, *Tu vois bien, on n'avait pas besoin de sortir, on a passé une belle soirée.*

La visite

Grand-papa et grand-maman vont venir en visite. Je ne tiens pas en place, je saute, je cours, je crie. Je veux qu'ils restent chez nous longtemps longtemps. Depuis que nous avons déménagé à Drummondville, je ne vois presque plus mon grand-père, je m'ennuie de lui. Maman nous met nos vêtements du dimanche pour aller à la gare, c'est un grand jour. Les voici enfin tous les deux, ils s'avancent vers nous en souriant, avec leur valise. Sur son bras, grand-papa tient son bel habit, maman est surprise, il n'y a aucune sortie de prévue. Elle fait la moue, mais elle ne dit rien. Moi, je m'en fiche, grand-papa peut bien porter ce qu'il veut pourvu qu'il joue avec nous. Il est content de nous voir, tous les trois. Tous les jours, il nous emmène en promenade, il faut profiter de l'été. C'est le plus petit qui est maintenant dans la poussette. Mon autre frère et moi, on est assez grands pour marcher.

Un après-midi, il décide soudainement de rebrousser chemin, il est tout pâle. Mon cœur bat fort dans ma poitrine. On rentre vite. On va jouer ensemble, tous les trois, on se tient tranquilles. Ma grand-mère et ma mère ont un drôle d'air, elles parlent à voix basse. Mais j'ai l'oreille fine, je réussis à comprendre, *Il n'en a plus pour longtemps.* Cette phrase-là, je la connais. Elles l'ont dit aussi l'autre soir, quand elles nous pensaient endormis.

Le dimanche

Elle est toute souriante, aujourd'hui, ma mère. Sa sœur a accepté de venir à la maison, même si je suis là. Habituellement, elle ne veut pas me voir. Nous prenons un verre de Cinzano, nous parlons toutes trois comme de vieilles amies qui se retrouvent après un long voyage. J'observe ma tante, elle a de la conversation, de la mémoire, du goût, de l'humour. Cette femme-là a été belle, on le voit, on comprend qu'elle ait brisé des cœurs. *Plus que moi,* dit parfois ma mère. Je me demande si, entre les deux sœurs, il y avait de la jalousie. Si oui, plus maintenant, Lucienne est une femme brisée.

Dans mon fauteuil, je suis face à l'énigme indéchiffrable que représente pour moi ma tante. Énigme et douleur. Elle est née à une époque où il y avait peu de moyens, elle l'a payé cher. Mes grands-parents et ma mère aussi. Il y aurait de quoi pleurer.

Et pourtant, nous rions toutes les trois, c'est une magnifique journée, nous l'accueillons comme une grâce.

Le portfolio

Elle ouvre le portfolio gris pâle qu'elle garde précieusement dans le dernier tiroir de son bureau. Nous allons regarder ensemble les reproductions de grands peintres qu'elle a collectionnées, avant son mariage. Le dimanche, pas de ménage ni de couture, nous pourrons prendre tout notre temps, examiner en détail chacune des toiles. Il y en a une que je préfère aux autres, une petite fille avec une robe de princesse, mais son visage est triste comme si elle s'ennuyait à mourir. Chaque fois, je suis étonnée, toutes les petites filles rêvent d'être des princesses. *Une toile célèbre,* dit ma mère. *Les Ménines* de Vélasquez. J'aime aussi la reproduction que maman a fait encadrer au-dessus du piano, des ballerines en tutu blanc, sur la pointe des pieds, comme on en voit à Radio-Canada. C'est d'Edgar Degas, il a peint beaucoup de danseuses. Le dimanche, j'apprends des noms qu'on n'entend jamais à l'école, Renoir, Monet, Delacroix, Goya, Michel-Ange. Mais il y a aussi des noms que je ne veux pas retenir. Comme celui du peintre qui montre un lièvre tué par un homme avec un chapeau à plume, à côté de son cheval. Je le trouve cruel, je déteste la chasse, mon père aussi. Il ne faut pas faire de mal aux animaux, nous rappelle souvent ma mère. Mais on doit quand même s'habituer à regarder des œuvres qui ne nous plaisent pas.

La nostalgie

Elle se tient au pied de mon lit, terriblement vivante, comme quand elle était la mère de mes trente ans. Peut-être n'est-elle pas morte, il y a près d'un an, à l'hôpital, peut-être ai-je seulement imaginé son agonie en cette nuit glaciale de décembre, et la morphine, et son visage pacifié, endormi pour toujours dans des draps blancs. Dans les effluves du sommeil, je ne me souviens plus de son dernier automne, long comme un hiver. Puis peu à peu la mémoire me revient, son hospitalisation en novembre, les visites chez le médecin, la travailleuse sociale, la recherche d'une résidence pour personnes en perte d'autonomie. Et l'impression de lui mentir sans cesse, la culpabilité, et l'inquiétude de tous les moments. Ces images, je les laisse flotter, elles finissent par faire doucement leur chemin dans ma tête. Je peux alors me lever, prendre un premier café, recommencer à écrire. Ce récit sur elle, ma mère de toutes les époques, ma mère immortelle.

Parfois, au réveil, je sens la nostalgie de nouveau bien installée en moi, comme si elle avait attendu mon sommeil pour ressusciter. Il ne me servirait à rien de la combattre, elle est plus forte que moi. Je ruse avec elle, je finis par la prendre au piège, je l'endors pour un moment. Je me demande combien de temps il faut pour accepter la mort d'une mère. Est-il possible qu'on ne l'accepte jamais tout à fait?

III

LA GRÂCE DU JOUR

Ma mère m'apparaît à chaque instant. Il suffit d'un rien, sa vieille machine à coudre qu'il faut épousseter, un mot qu'elle disait souvent ou une femme sans âge qui marche à pas menus sur le trottoir. Un rien, vraiment, et elle est là, je pourrais lui parler, la toucher, la prendre dans mes bras. Mais bientôt, comme une gifle, la réalité. Le vide, le vertige de l'abîme, l'horreur de l'abîme. Comment ma mère a-t-elle pu mourir, comment la mort est-elle possible? Ni la philosophie ni la biologie ne peuvent me rassurer.

Pourquoi acheter tant de choses inutiles, vêtements, bibelots, livres qu'on ne lit pas, CD qu'on n'écoute qu'une fois? Pourquoi recevoir des cadeaux, accumuler des babioles que nos enfants jetteront dans quelques décennies à peine? Il me vient des idées saugrenues, demander à mes amis de ne plus rien me donner à Noël ou à mon anniversaire, ils pourraient plutôt faire des dons à des organismes de charité, Centraide ou la SPCA. Dans les magasins, j'hésite maintenant avant de prendre le moindre vêtement, je le vois dans un grand sac à ordures, au bord de la rue. Je n'arrive pas à comprendre qu'on se réjouisse de la reprise économique. On consommera davantage, nous explique-t-on, le chômage diminuera, mais on continuera à dépenser les ressources, la grande roue du capital tournera encore plus vite, et nous nous encombrerons encore davantage. L'être humain n'a jamais su tirer de leçons de la mort.

J'ai entrepris un grand ménage dans la maison. Je classe, je range, je trie, je remplis des sacs et des sacs pour ne pas imposer ce travail un jour à ma fille, je dis en riant que je suis arrivée à l'âge de la soustraction. Ce souvenir de mes vacances en Italie, des lettres d'un amour oublié, ce programme de théâtre ont-ils encore une importance ? Et ces photos, il y en a bien dix boîtes, je n'aurai sans doute jamais le temps de les regarder. J'ai d'ailleurs rangé mon appareil, je ne veux plus accumuler de photos, je ne veux pas avoir à m'en débarrasser un jour.

On ne peut pas vivre constamment en se préparant à la mort, me dit une amie. Je m'énerve, je hausse la voix. Je ne me prépare pas à la mort, je m'y fais doucement, sans tristesse, je vis maintenant avec le sentiment intime qu'un jour je m'allongerai à mon tour dans la terre pour l'éternité. On ne peut faire semblant d'y échapper. Tu es poussière et tu redeviendras poussière, la mort est aussi réelle que le bleu du ciel ou le vert des arbres. La perte d'une personne aimée nous marque au plus profond de nos fibres. La douleur finit par s'atténuer, mais non l'horreur de la mort, capable de ressurgir au moindre prétexte. Même si le deuil nous conduit à une mémoire sereine, il laisse toujours un halo de mélancolie.

Je me défends comme si on me faisait un procès. Je devrais m'habituer pourtant, les endeuillés sont loin d'avoir bonne presse, sauf dans les livres ou les films, où tous les excès sont permis. Ne faut-il pas une force certaine pour vivre avec la pensée de la mort sans sombrer dans le noir ? L'endeuillé est un funambule qui avance sur son fil en essayant de ne pas tomber. Il ne s'agit pas de déni, seulement de trouver un équilibre entre l'oubli et le souvenir étouffant, un angle du regard qui permette d'entrer dans le mouvement de la réminiscence. Si on regarde l'abîme de trop près, on risque de perdre pied. Et si on porte les yeux au loin, on ne voit rien.

Laisse-toi toucher par la grâce du jour. Cette phrase me trottait dans la tête avant même d'ouvrir les yeux ce matin. Je suis restée étendue quelques minutes en me demandant ce qu'elle voulait me dire. Tout va bien, aie confiance, oui, tu n'as pas à avoir peur, le jour s'annonce comme une grâce, n'aie pas peur, tu as peur. Mais est-ce vraiment la peur? *Il ne faut pas se laisser aller,* répétaient à tour de rôle ma mère et ma grand-mère. De quoi avaient-elles peur? Que l'édifice intérieur qu'elles s'étaient construit pierre à pierre ne s'écroule?

Le spectre de la folie n'est jamais loin quand une femme dit qu'elle a peur. *Je ne suis pas folle. Crois-tu que je suis folle? Je deviens peut-être folle* ou, carrément, *Je suis folle.* Ces confidences, on les entend dans l'intimité des conversations entre amies. Au fond de chaque femme, un doute, un soupçon concernant la santé mentale, ma mère et ma grand-mère n'étaient sûrement pas différentes. Mais elles colmataient à mesure la moindre brèche, elles ne voulaient pas se laisser déborder. Pourtant, quand on écrit, il faut accepter les débordements, voilà ce que me rappelait mon sommeil. N'aie pas peur de sombrer, l'écriture te protégera. Accepte de retourner plus loin encore dans ton enfance. Tu ne risques rien.

Sur cette vieille photo de mon album, je dois avoir six mois, maman me tient dans ses bras, elle sourit avec un air de béatitude, fascinée par son œuvre de chair et de sang, ce bébé joufflu qui tend la main vers l'appareil-photo. J'ai toujours eu le sentiment qu'elle nous avait passionnément désirés, mes frères et moi. Mais je n'ai jamais senti que, pour mon père, c'était un accomplissement ni même un désir d'avoir des enfants. Est-ce que mon père et ma mère discutaient des naissances, les planifiaient ? Un soir, j'ai posé la question à ma mère. Les enfants, a-t-elle répondu, étaient le résultat du oui prononcé durant la cérémonie du mariage, les couples n'en discutaient pas. Pour beaucoup d'hommes, la paternité s'avérait sans doute le mal nécessaire pour avoir droit à l'amour et à la sexualité.

Et pourtant. Sur une photo, je me trouve dans les bras musclés de mon père. Sur cette autre, il surveille mes premiers pas. Sur une troisième, il pose dans un paysage de neige, à côté de nous, emmitouflés dans des costumes douillets cousus sur la machine Singer. Lui, il ne nous habille jamais, ne nous fait pas manger, ne nous donne pas notre bain le samedi, mais il nous raconte des histoires, parfois, avant le souper. Nous avons un père, un père qui, à la façon des hommes de son époque, s'occupe de ses enfants. Il faut croire qu'il a appris à nous aimer. S'il avait su parler, il aurait sans doute pu nous dire ce qu'écrit Pierre Leduc à sa fille, dans le film *Tout ce que tu possèdes* de Bernard Émond : « Je n'ai pas voulu que tu naisses, mais maintenant un monde où tu ne vivrais pas m'apparaît impossible. »

Peut-être mon père imaginait-il parfois sa vie sans nous, ses enfants. Mais il ne l'aurait jamais avoué, ce sont des choses qu'on ne dit pas. Il me reste l'image d'un homme distrait, parfois ennuyé par les cris et les rires d'enfants qui faisaient vibrer la maison. Je ne me rappelle pas de lui par terre, avec nous, poussant un tracteur ou un camion. Ni de lui devant le jeu de Meccano qu'avait reçu mon frère cadet pour Noël, ni de lui en train de découper des parlaient bien, portaient une chemise blanche, montraient des ongles bien propres. Des professionnels qui n'avaient pas peur du chômage, ne roulaient pas leurs cigarettes, possédaient une automobile et amenaient leur famille à la mer l'été. *Si on veut que nos filles aient une vie confortable, il faut les faire instruire*, avait dit ma mère à une voisine. Je rencontrerais à l'université un garçon qui me ferait bien vivre. Et si par malheur je me retrouvais veuve, un jour, je pourrais gagner ma vie.

Qui s'instruit s'enrichit. On se souvient de ce slogan! La Révolution tranquille a été la coupure irrémédiable entre nous, les jeunes, qui commencions à fréquenter le collège, et nos parents peu instruits. Mépris de la classe ouvrière, mépris larvé, occulté, inconscient, encouragé par les professeurs qui nous préparaient à devenir l'élite de la société. Ce qui impliquait de laisser derrière nous notre famille, ses us et coutumes, ses valeurs. D'ailleurs, les parents ne comprenaient plus. Ne suivaient plus. La perte de la foi, la contraception, l'amour libre, la musique *beat*, nous en parlions le moins possible à la maison. En fait, nous n'en parlions pas devant eux. Comment se sent-on quand nos enfants nous deviennent étrangers?

Le seul mot qui me vienne est le mot *douleur*. Ces parents-là ont dû éprouver une vive douleur. Sans doute aussi le sentiment d'être floués, voire rejetés. Mon père ne nous en a jamais parlé. Ses émotions, il ne savait pas les exprimer. Ma mère, elle, en discutait avec moi. La messe du dimanche faisait partie de notre culture. Si on délaissait le catholicisme, un jour on délaisserait aussi notre français, on en viendrait tous à parler anglais. Pas moyen de lui faire séparer la religion et la langue. Elle avait conservé les valeurs de la résistance. Mais elle était sentimentale aussi : le latin, l'encens, les statues, les ornements sacerdotaux, tout ça faisait partie d'un patrimoine qui lui venait de son enfance.

Un dimanche matin, je ne suis pas allée à la messe. Ma mère avait perdu la bataille, elle n'en a plus parlé. Après notre départ de la maison, elle a cessé de fréquenter l'église. Nous étions adultes, elle n'avait plus à nous donner l'exemple. Et puis, tout comme son père, elle n'était pas croyante, a-t-elle avoué. Je suis restée bouche bée. Des soirées et des soirées de discussion sur la pratique religieuse alors qu'elle ne croyait pas ? Elle était décidément une femme paradoxale.

Pour un enfant, une parole ambiguë est toujours difficile. Il faut avoir pris un certain recul pour comprendre, lire en deçà des mots, remonter le fil des générations. Ma mère n'était pas seulement du côté de son père, elle appartenait aussi à la famille de sa mère, une famille pratiquante qui comptait des religieuses, des tantes pieuses, des prêtres, tous habitués au carême, au chapelet du soir, aux neuvaines et retraites. Elle en était fière, ce n'était pas rien d'avoir eu une tante supérieure générale des Sœurs grises, un cousin évêque qui, de surcroît, m'avait confirmée. Qui d'autre dans ma classe pouvait s'en targuer ?

Ma mère avait sans doute peur que je ne rejette une partie de ce qui me venait d'elle. N'est-ce pas ce qu'elle montrait à son insu en défendant les coutumes religieuses ? Elle a vite pu voir que, malgré mon athéisme tout neuf, mon comportement envers elle n'avait pas changé, elle a cessé de se sentir menacée, elle pouvait cesser de pratiquer. Mon père, lui, a su que je lui avais échappé dès que je suis allée au collège. J'en suis maintenant consciente, je suis capable d'entrer dans sa douleur.

Qu'est-ce que le deuil? Qu'est-ce que le deuil d'une mère? Et le deuil d'une mère pour une fille, une fille adulte, qui n'a plus besoin d'être langée, nourrie, lavée, mouchée, reprisée, conseillée, disputée? Désolation et soulagement, sentiments d'abandon et de liberté emmêlés, coupure irrémédiable de ses racines les plus profondes, mais liberté. Liberté, vraiment? Même morte, une mère reste bien vivante, avec sa voix, sa silhouette voûtée, ses mimiques, ses gestes, ses phrases les plus banales. *Mets un chapeau, tu vas avoir le rhume. N'oublie pas tes vitamines. Il faut manger du brocoli.*

Après, on pense qu'on pourra tout écrire de sa mère. Mais voilà, je cherche encore à protéger sa mémoire. Elle m'a langée, nourrie, lavée, mouchée, reprisée, conseillée, disputée, est allée chercher mes bulletins à l'école, m'a aidée à faire mes devoirs, sans doute une étape normale. Il me faut faire des efforts pour me rappeler les derniers mois. Ma mère qui s'affaiblissait, devenait de plus en plus sourde, avait du mal à marcher. Sa mémoire de plus en plus friable, les dix mêmes anecdotes que j'entendais en boucle sous la mauvaise lumière du salon, mon impatience que j'essayais de garder sous une cloche de verre. Elle faisait pourtant son possible, je sais.

Malgré tout, j'étais irritée, irritée que ma mère jusque-là immortelle ne sache plus résister aux attaques de la mort. Elle n'avait pas le droit de dépérir, pas le droit de se laisser aller. Que cachait cette irritation ? La perspective de l'abandon, le sentiment qu'un jour viendrait où la mort serait trop forte pour moi ? Que, si je n'avais pas d'exemple, je lâcherais prise moi aussi ? Devant la mort de sa mère, on redevient un enfant, on demande l'impossible. On exige ce qu'on ne peut recevoir. Peut-être est-on encore plus injuste avec sa mère si on est une femme.

Simone de Beauvoir affirme en parlant de sa mère, « Je la faisais parler, je l'écoutais, je commentais. Mais, parce qu'elle était ma mère, ses phrases déplaisantes me déplaisaient plus que si elles étaient sorties d'une autre bouche. » Cela, j'aurais pu l'écrire. On ne fait jamais complètement le deuil de la fée de notre enfance. Comme notre mère ne fait jamais le deuil de la petite fille parfaite dont elle rêvait. La mère se projette dans sa fille et la fille dans sa mère. D'un côté et de l'autre surgissent des désirs plus grands que nature et, bien sûr, des déceptions.

J'ai déçu ma mère à plusieurs reprises. Je suis partie de la maison à l'aube de mes vingt ans, j'ai interrompu mon baccalauréat pendant deux ans, j'ai commencé à fumer très tôt, il m'est arrivé de me présenter devant ses amies avec de vieux jeans pour la contrarier. Et j'en oublie. De ces décisions, je ne me suis jamais sentie coupable, elles font partie du détachement d'un enfant, ma mère ne m'en a jamais voulu. *Il faut que les enfants s'éloignent*, disait-elle. Même si elle ne le souhaitait pas, elle nous a permis de nous éloigner, c'est un cadeau inestimable.

Ce que je me reproche, en réalité, ce sont mes indélicatesses. J'oubliais de lui téléphoner le dimanche quand je suis partie de Sherbrooke, souvent je passais plusieurs semaines sans aller la voir, je ne m'intéressais pas suffisamment à ce qui l'intéressait, elle, je ne l'ai pas suffisamment soutenue après la mort de mon père, je n'ai pas été une fille suffisamment reconnaissante envers ce qu'elle avait fait pour moi. Je n'ai pas compris ma mère comme j'aurais dû la comprendre, je ne l'ai pas aimée comme j'aurais dû l'aimer. Combien sommes-nous à nous faire des reproches après la mort de nos parents?

J'ai eu la chance d'avoir une mère qui, sans être parfaite, m'a donné assez pour me débrouiller dans la vie. Et moi, lui ai-je montré un amour suffisant? Ai-je été une fille suffisamment bonne? Quel amour est attendu d'un enfant? Peut-on se préférer à sa propre mère? Ma mère aurait dit oui, ma grand-mère aussi. Ni l'une ni l'autre n'a cherché à cultiver la culpabilité chez nous, les enfants. Ça devrait suffire à m'apaiser, mais ça ne m'apaise pas.

Peut-être la culpabilité est-elle le carburant du deuil. Elle rallume chaque jour notre flamme pour la personne aimée, fait vibrer sa mémoire, nous assure de ne pas l'oublier. Chaque jour nous apporte de nouveaux motifs de nous sentir coupables. Un matin pourtant, ce sentiment aura disparu. Le temps aura triomphé, comme il se doit.

« Je ne pense pas que ma mère ait été une petite fille heureuse », écrit Beauvoir. Sauf les dix premières années de son mariage, précise-t-elle, sa mère n'avait pas connu comme femme ce qu'on appelle le *bonheur*. Qu'entend-on par ce mot aux contours vagues que nous avons remplacé par *désir* ? Curieusement, je ne me suis jamais demandé si ma mère avait été heureuse. Égocentrisme, naïveté, ou sentiment que celle-ci a fait la vie qu'elle avait souhaité ?

Ce minuscule souvenir. J'ai sept ou huit ans, il n'y a pas d'école, je me berce dans la vieille cuisine pendant que ma mère écoute ses émissions à la radio, *Je vous ai tant aimés* de Jovette Bernier et, juste après, le professeur Chentrier. C'est un psychologue, je crois, une sorte de confesseur, les femmes lui écrivent, elles se plaignent de leurs maris qui les déçoivent, de leur vie pleine d'ennui, racontent leurs problèmes avec leurs belles-sœurs. Théo Chentrier prodigue ses conseils d'une voix de patriarche, il parle bien, il a même un accent français. Et moi, assise dans la chaise berçante, j'apprends la vie.

Du lundi au vendredi, ma mère interrompt ses tâches pour coller son oreille à la radio. C'est à elle qu'il répond ce matin, il a choisi mon jour de congé, je suis chanceuse. Maman lui a envoyé une lettre, une animatrice la lit, je ne me rappelle que d'une phrase, « Je suis une femme heureuse. » Et lui, Théo Chentrier, la louange de se contenter de ce qu'elle a. Une femme heureuse, ce n'est pas si fréquent ! Ce n'est pas un don, plutôt une façon de considérer les choses, une philosophie. C'est ce qu'il dit, il me semble, c'est en tout cas ce que je comprends.

Je me suis fait un portrait de ma mère à partir de cette seule phrase, sans me demander pourquoi elle avait ressenti le besoin d'entendre à la radio un homme lui confirmer qu'elle était heureuse. J'aurais pu me demander si elle ne voulait pas se cacher quelque chose. Et moi, qu'est-ce que je voulais me cacher en faisant un acte de foi ? L'hystérectomie de ma grand-mère, son séjour d'un an à Nicolet, la Crise, la maladie de sa sœur, les quatre ans à Toronto, tout ça n'avait-il pas été difficile ? Et puis, elle s'était mariée à trente-quatre ans, elle avait sûrement dû connaître des peines d'amour dont elle n'a jamais parlé. Elle voulait tirer une ligne claire entre sa vie de jeune fille et sa vie de mère, *On a droit à ses secrets*. J'étais condamnée à ne connaître que la femme qui était ma mère, mais qui peut se targuer de connaître ses parents?

Ma mère n'a pas été épargnée. Et pourtant, le souvenir que je garde d'elle est celui d'une femme heureuse, je ne peux la voir autrement. Et je ne crois pas me leurrer. Elle savait profiter de chaque moment qui se présentait, appréciait tout ce qui lui avait été donné, ne s'apitoyait pas sur son sort, ne nous a jamais fait supporter ses petits ni plus grands malheurs. Ce n'était pas une femme dépressive ni agressive. Elle savait bien vieillir, elle avait ce talent-là. Lui venait-il de son père, de sa mère ou d'elle-même, tout simplement? On ne sait jamais précisément d'où provient ce qu'on appelle maintenant la *résilience*. Peut-être de sa grand-mère Émilie, dont elle aimait tant me parler.

Avec les années soixante-dix, j'ai pris sa force pour de la faiblesse. « *We want the world and we want it now* », rappelle Paul Chamberland dans *La nuit de la poésie*. C'était notre slogan, nous n'étions pas une génération à nous contenter d'une vie étroite. Moi, je voulais vivre pleinement, travail, enfants, amours, création, je voulais aller voir des spectacles et des films, voyager. Je voulais une vie intéressante, riche, excitante. D'ailleurs, en me faisant instruire, ma mère ne le voulait-elle pas aussi pour moi ? Pourquoi alors se contenter de sa vie ?

J'ai fait la vie des femmes de ma génération, me disait-elle sous la mauvaise lumière du salon. *Vous, vous êtes privilégiées*. Elle n'a pas eu les mêmes chances que moi. En 1974, au moment où les femmes prenaient leur envol au Québec, elle a eu soixante ans. Il était trop tard. À certains moments, j'ai pu percevoir un regret dans sa voix. Mais non pas cette envie dévastatrice que j'ai pu rencontrer autour de moi. Des bâtons dans les roues, des reproches, des crises, même des épisodes de maladie mentale, certaines mères faisaient tout pour freiner leurs filles, elles n'acceptaient pas d'être dépassées. Ma mère, elle, m'aura facilité la vie.

Les mères désirent que leurs fils les dépassent, elles l'espèrent, elles leur en donnent la mission. Mais les filles de ma génération ont souvent eu l'impression de trahir leur mère, de l'abandonner. On a peu parlé de la culpabilité des filles qui sont allées au bout d'elles-mêmes. Quand on additionne études, travail, enfants, et création, on ne peut pas avoir la même qualité de présence à l'autre que si on a une vie moins chargée.

Quand je lui avais offert ma thèse de doctorat, ma mère m'avait demandé, *Est-ce que tu as lu tous ces livres-là?* Question étonnante, et bouleversante. C'était évident, un doctorat nécessitait un travail fou, lectures et relectures, recherches, mois de réflexion, de rédaction, de réclusion. Je n'avais jamais pensé le lui expliquer. Elle venait tout à coup de le comprendre, elle savait ce qui m'avait accaparée les années précédentes, voyait qu'il ne s'agissait pas d'un manque d'amour à son égard. Une fille instruite, c'est ce qu'elle avait voulu, mais il y avait eu un prix à payer.

La culpabilité ne m'a pas ravagée parce que ma mère n'a jamais essayé de l'amplifier. Elle acceptait que je fasse ma vie, me faisait rarement des reproches sur mes absences. Mais un soir, sous la mauvaise lumière du salon, elle m'a confié, *Quand on vieillit, il faut se faire à la solitude.* Ce n'était donc pas si facile pour elle. Malheureuse, elle ne l'était pas. Le bonheur, tel qu'elle l'entendait, c'était dans sa vie d'avant, quand nous étions tous ensemble, dans la vieille maison de la 1re Avenue Nord. Maintenant, il lui fallait s'astreindre à la joie, tous les jours, comme à une gymnastique, la joie des choses simples. Nous recevoir, lire un roman qu'elle aimait, regarder les astres, le soir, de sa porte-fenêtre. Se dire qu'elle était en santé. Que ses enfants, malgré tout, ne l'oubliaient pas.

Si nous avions su qu'il restait à ma mère moins de deux mois à vivre, en novembre 2011, est-ce que nous aurions agi de la même manière? Nous aurions sans doute fait comme si tout allait bien, elle aurait filé des jours insouciants dans son appartement jusqu'à ce que le corps s'arrête de lui-même, le 30 décembre, comme une machine qui a assez servi.

Pourquoi n'ai-je pas voulu voir les signes de sa fin prochaine? Je me le demande souvent, mal à l'aise devant mon incapacité à lire la réalité, à voir se profiler l'ombre noire de la mort comme les nuits épaisses de décembre qui s'accumulaient dans la porte-fenêtre du salon. Culpabilité, une fois de plus? Inquiétude plutôt de n'avoir pas su la reconnaître. Cela, je l'avais éprouvé avant chez des amis atteints de cancer. Des images précises me reviennent. Ma tante, qui était allée faire ses emplettes comme d'habitude la veille d'un coma fatal. Et cette amie tchèque qui avait sommé l'infirmière russe de sortir de sa chambre pendant sa propre agonie. Ma mère, elle, était loin d'en être là. Elle téléphonait à ses amies, riait, aimait manger, regarder la télévision. La travailleuse sociale parlait même de réadaptation après l'évaluation gériatrique, personne ne se doutait que la mort faisait déjà son travail. Pourquoi étions-nous tous à ce point aveuglés ?

Ma mère a toujours voulu profiter de chaque moment qui s'offrait à elle. Quand nous étions enfants, elle nous servait notre repas pour ensuite s'asseoir tranquillement, prendre le temps de manger, puis siroter sa tasse de thé en lisant son journal. La vaisselle pouvait attendre, et le ménage. Lorsqu'elle préparait le dîner, qu'elle passait le balai ou l'aspirateur, elle s'arrêtait pour parler avec ma grand-mère ou écouter la radio, elle aimait se laisser distraire, faisait les choses sans se presser. Elle n'a jamais eu l'obsession de la propreté, ne passait pas le chiffon tous les jours, elle nous laissait éparpiller nos jouets, ne nous disputait pas pour que nous les rangions. Elle voulait que nous nous amusions. Et nous nous sommes beaucoup amusés.

Adolescente, j'aurais désiré qu'elle accomplisse rapidement ses tâches, comme chez mes amies, où un trait clair était tiré entre le plaisir et le travail ménager. Ces mères-là pouvaient se faire bronzer sur la pelouse, prendre l'après-midi pour aller dans les magasins ou rendre visite à des amies. *Moi, je suis lente*, disait ma mère. Je devenais irritée, j'aurais voulu qu'elle aussi ait du temps à elle. Lorsqu'elle disait en riant, *Une mère de famille n'a jamais de loisirs*, j'avais envie de lui répondre, *C'est que tu ne sais pas t'y prendre*. Elle s'était mariée tard, elle avait été habituée au monde du travail, n'avait pas appris à tenir maison à l'âge où l'apprenaient les jeunes femmes. Plus tard, j'ai compris que mes grands-parents n'avaient jamais insisté sur le travail ménager, comme ma mère n'a jamais insisté pour moi.

La vérité, je crois, c'est qu'elle aimait la vie domestique. Elle accordait la même importance à chaque geste, à chaque acte de la vie, même minuscule, regarder les merles sur le gazon, s'arrêter pour parler avec une voisine en étendant les vêtements sur la corde, faire son potager, aller au marché. Elle en avait assez de travailler dans un bureau comme opticienne. Voilà peut-être pourquoi elle n'a jamais repris le travail après son mariage. Au plus profond d'elle-même, elle appréciait chaque moment de ses journées.

J'ai eu la chance d'être élevée par une femme qui n'était pas insatisfaite de sa vie, contrairement à beaucoup de ménagères de l'époque. Durant mon adolescence pourtant, les préoccupations de ma mère me paraissaient futiles. Les achats au marché, les plats qu'elle nous cuisinerait, les vêtements à ranger ou à sortir selon les saisons, les boules à mites dans les garde-robes, le ménage toutes les semaines, voilà ce que je pourrais fuir en apprenant le latin et le grec. En fait, ce n'étaient pas ces tâches qui m'horripilaient, mais l'espace qu'elles occupaient dans la tête, un espace perdu pour la connaissance. Il fallait choisir entre les soins du corps et ceux réservés à l'esprit, entre le monde féminin et celui des hommes. On ne naît pas femme, on le devient… Beauvoir n'en donnait-elle pas l'exemple?

Ces deux pôles trouveraient chez moi une réconciliation en lisant des écrivaines récentes. On pouvait à la fois avoir du plaisir à cuisiner et à enseigner ou à écrire. Marguerite Duras aimait faire sa soupe aux poireaux et elle discutait avec Xavière Gauthier en préparant des confitures. Madeleine Gagnon peignait des œufs de Pâques pour ses fils. Je n'avais plus à laisser de côté une partie de moi pour accéder à la vie intellectuelle, je pouvais recommencer à parler de cuisine ou de couture avec ma mère, apprécier ce qui avait été l'essence de sa vie. Est-il possible d'être un pur esprit ?

La réflexion se développe pendant les activités les plus humbles, la marche, la vaisselle, le jardinage, le ménage, les écrivains le disent. On est assis devant son écran, vide complet, inutile de rester là tout l'avant-midi, il vaut mieux aller faire ses courses. Et puis, au moment d'acheter les fromages, un mot nous effleure, ou une idée. C'est ce qu'on pourrait appeler *écrire sans écrire*. L'écriture se creuse à notre insu une petite place en nous, elle attend le bon moment pour se manifester. Quand on retournera à notre table de travail, le lendemain, les phrases se formeront d'elles-mêmes ou presque. Le projet aura cheminé sans qu'on s'en soit aperçu.

Ma mère savait s'arrêter pour écouter un air qu'elle aimait à la radio, regarder un tableau ou toucher un tissu. Elle aimait la beauté sous toutes ses formes, la désirait dans les plats qu'elle cuisinait, dans les vêtements qu'elle confectionnait, les foulards qu'elle nous tricotait. Si elle n'était pas satisfaite, elle recommençait. À preuve, ce petit manteau vert irlandais qu'elle avait fait à ma fille dans un reste de tissu. Mais le manteau n'allait pas du tout au teint d'une brune. *Il ira mieux à une blonde ou à une châtaine*, avait-elle dit, sans compter ses heures de travail. Et elle l'avait donné à un organisme de charité. Elle avait eu du plaisir à faire le manteau, pourquoi aurait-elle regretté le temps perdu? Elle aurait du plaisir à en fabriquer un second, le résultat ne pouvait pas toujours être à la hauteur de ses attentes, rien ne servait de se mettre en colère ou de se décourager.

Elle l'a compris bien avant moi.

À chaque page se précise le portrait de ma mère. Ou plutôt, j'aperçois une autre image dans la première, comme dans les anamorphoses. Et je suis forcée de réexaminer le tableau de mon enfance. Ma vision change sans cesse, sans doute parce que je peux observer la femme qu'elle était de plus loin, sous tous ses angles, sans les irritations qui sont le tissu de l'amour entre mère et fille. Je n'ai plus à me comparer à elle ni à me défendre. Nous habitons désormais chacune notre planète.

La mère, la figure la plus significative de l'existence, le ventre où on a logé neuf mois, l'être qui incarne l'amour dans toute sa perfection. Il n'y a qu'à s'arrêter aux peintures de la Vierge à l'enfant, le sourire de béatitude sur les lèvres de la mère et de son fils. L'amour dans toute sa splendeur. « *That's amore* ». Cette phrase, je l'ai vue dans un restaurant italien près de chez moi. Sur le mur, la photo du propriétaire avec sa femme et leurs quatre enfants. Juste à côté, le cliché avait été recadré, on n'avait gardé que le fils de sept ou huit ans devant sa mère et on avait écrit « *That's amore* ». J'ai passé le repas à me demander si on pouvait imaginer une photo semblable, mais avec une mère et sa fille. N'y aurait-il pas eu là quelque chose de contre nature, d'obscène même ?

Pour la fille, c'est la guerre pour la féminité, la mère qu'il faut à la fois imiter et éclipser. Mais celle-ci ne se laisse pas si facilement dérober sa place. « Miroir, dis-moi qui est la plus belle ? » demande la belle-mère de Blanche-Neige, devinant bien que la jeune fille la remplacera bientôt sur le marché de la séduction. Quel âge a Blanche-Neige ? Seize ans, peut-être. Et la belle-mère ? Autour de trente-cinq ans, l'âge où, à l'époque, une femme était déjà vieille. L'âge où ma propre mère m'a donné naissance. Aujourd'hui, beaucoup n'ont leur première grossesse qu'à la fin de la trentaine. Qu'en est-il alors de la rivalité entre mère et fille ?

Accepter que Blanche-Neige soit belle, plus belle que soi, nécessite un amour pour son enfant que n'a pas une belle-mère. Celle-ci peut alors se montrer méchante. La mère, elle, est censée aimer inconditionnellement sa fille. Mais il n'est pas facile pour une femme de voir les premières rides creuser son visage, les muscles du corps se relâcher. Pas facile de constater qu'elle n'existe plus dans le regard des hommes. Cela, ma mère l'a sûrement éprouvé. Pourtant, je ne l'ai jamais senti chez elle. Signe d'amour ou de maturité? Peut-être se considérait-elle *plus mère que femme*, selon l'expression de Caroline Éliacheff et de Nathalie Heinich? C'est du moins ce qu'on a dit de la Canadienne française, que le mari appelait d'ailleurs *maman*.

Mon père ne faisait pas exception à la règle. Je ne me souviens pas l'avoir entendu appeler ma mère *Cécile*. Elle était la maman de la famille, la sienne y comprise. Ce qui, entre eux, n'empêchait pas le désir. Ils avaient une vie sexuelle active, je l'ai appris plus tard par des allusions discrètes sous la mauvaise lumière du salon. Ce que je savais, c'est que mon père ne regardait pas les jeunes filles, il préférait les femmes aux allures maternelles, bien en chair, disait-il, lui qui avait été très tôt orphelin. Ma mère avait son homme, elle ne se sentait aucunement délaissée. Elle n'avait pas à se comparer à moi. Elle souhaitait que je devienne une jeune femme jolie, élégante, capable de plaire. Selon ses critères à elle cependant. Au plus profond d'elle-même, une mère souhaiterait que sa fille devienne son double, alors que la fille cherche à s'éloigner suffisamment d'elle pour ne pas lui ressembler.

Toujours ce combat pour l'indépendance chez la fille, qui trouvera son moment critique à l'adolescence, l'âge ingrat. La séparation est inscrite noir sur blanc dans la relation entre mère et fille, elle doit se faire et, comme toute séparation, elle suscite de l'agressivité, des larmes, des crises, de la colère. Plus un espace de liberté se déploiera devant soi, plus s'atténueront les tensions. Mais elles ne cesseront qu'au moment où la mère lâchera définitivement prise. Lorsqu'elle disparaîtra.

C'est depuis la mort de ma mère que je suis capable de l'apprécier à sa juste valeur.

Il y a tout ce que je n'ai pas encore dit sur elle, tout ce que je ne dirai pas, tout ce que je ne pourrai pas rendre. Comment ressusciter sa vieille voix rouillée qui m'atteignait si profondément quand je lui téléphonais le matin les derniers mois? Et ses éclats de rire quand elle oubliait son état de santé, et son air buté devant la travailleuse sociale dont elle se méfiait plus que des policiers? Et son amour pour ses petits-enfants? Et pour cet arrière-petit-fils qui lui était arrivé juste au moment où elle venait de se casser une épaule en descendant d'un taxi? Malgré son grand âge, elle s'était vite remise, elle n'avait pas eu le temps de s'apitoyer sur son sort. Elle était retournée à ses préoccupations de jeune mère, le poids de l'enfant, les petits bas de laine qu'il fallait lui tricoter, les coliques et les rhumes. C'était la vie vraie, comme autrefois.

[215]

Sur cette photo que j'ai fait encadrer, elle est assise chez elle, sur sa vieille causeuse, à côté de ma fille, et elle tient dans ses bras le nouveau-né. Sourire rayonnant, on ne croirait pas que cette femme a quatre-vingt-treize ans, on ne croirait jamais que, quelques semaines plus tôt, elle avait le bras en écharpe, le visage plein d'ecchymoses. La femme de la photo ne se laissera pas aller. Elle vient d'avoir un coup de foudre pour cet enfant qu'elle colle contre elle pour la première fois, elle veut le voir grandir. Comment faire ressentir cet amour avec des mots?

«Je suis la seule à savoir de quel bleu est l'écharpe bleue de cette jeune femme dans ce livre», écrit Marguerite Duras. Et moi, je suis seule en ce moment à être éblouie devant l'éblouissement de ma mère ce jour-là. Combat constant de l'écrivain avec la langue, on ne réussit pas à rendre de façon précise ce qu'on voit, ni ce qu'on entend, ni ce qu'on ressent, ni ce qu'on touche. Mais on y arrivera, on le croit, on le veut, tout comme la femme de la photo veut vivre, comme elle est entièrement portée par sa passion. On écrit parce qu'on rêve de partager avec l'autre, son semblable, ce qui n'appartiendra jamais qu'à soi. Naïveté ou orgueil? Mélancolie, assurément. L'écriture du deuil rappelle la posture des grands lyriques qui ont voulu rendre éternelle leur aimée.

J'ai sorti de ma bibliothèque tous les livres de filles et de fils qui ont écrit sur la mort de leur mère et je les ai déposés sur la table. ... *et la nuit* d'Anne-Marie Alonzo, *Journal de deuil* de Roland Barthes, *Une mort très douce* de Simone de Beauvoir, *La dernière leçon* de Noëlle Châtelet, *Le livre de ma mère* d'Albert Cohen, *Ma mère et Gainsbourg* de Diane-Monique Daviau, *Pendant la mort* de Denise Desautels, *Dixhuitjuilletdeuxmillequatre* de Roger DesRoches, *L'arrière-boutique de la beauté* de Fernand Durepos, *Je ne suis pas sortie de ma nuit* d'Annie Ernaux, *Le deuil du soleil* de Madeleine Gagnon, *La petite mariée de Chagall* de Paul Chanel Malenfant, *La femme de ma vie* de Francine Noël, *Le temps qui m'a manqué* de Gabrielle Roy. Qu'est-ce que j'en attends? Une vérité, une consolation, une réponse? Mais il n'y aura aucune réponse, aucune consolation, je le sais.

Je ne veux pas laisser ma mère reposer en paix, à côté de mon père, dans leur petit cimetière. Sous des intentions apaisantes, ce récit est un acte de refus. De révolte. Pourra-t-il me permettre le deuil?

L'écriture le permet-elle? Ces questions n'arrivent pas à tuer mon désir d'écrire. Je devrais plutôt écrire *besoin*. Ça vient des profondeurs du corps. Comme manger ou dormir. Tous les matins, j'allume mon ordinateur, j'ouvre le dossier que j'ai intitulé *Ma mère*, je relis ce que j'ai écrit la veille. Et de nouveau mes doigts se mettent à pianoter doucement, un mot, une phrase, parfois seulement une virgule, puis j'efface, je déplace, je replace. C'est fou, ces milliers de minuscules changements dans le texte, mais je suis heureuse. Pendant une ou deux heures, j'ai l'impression d'être avec elle, ma mère bien vivante, comme quand je lui téléphonais le matin. Me revient souvent une réflexion de Georges Didi-Huberman, «l'art ne serait-il pas ce qui nous fait rêver que le lait de nos mères mortes continue – bien que la plaie reste vive – de nous désaltérer?»

Un matin, je sentirai que ce récit va bientôt se terminer. Mais se pourrait-il que jamais n'arrive ce moment, que j'y sois rivée jusqu'à ma mort? Contrairement à mes textes de fiction, où je peux sinon prévoir, du moins sentir une fin probable, je ne réussirai jamais à épuiser ma mémoire. Un personnage n'a d'existence que dans les pages d'un roman ou d'une nouvelle, ma mère sera toujours plus grande que ce récit où j'essaie de la faire entrer. Je n'aurai jamais le dernier mot. Mais j'écris, je poursuis ce récit en essayant de ne pas m'inquiéter, il le faut, voilà une bien drôle de gymnastique. Il y aura des restes, je sais, et des imprécisions, du flou. On ne verra pas le bleu de son écharpe, ni celui de la blouse qu'elle s'était faite dans un coupon, ni celui de son ensemble d'été, en toile, que j'ai donné à un organisme de charité.

Je ne ferai peut-être pas le deuil de ma mère, mais je m'habitue du moins à faire celui de l'écriture parfaite, qui pourrait me redonner la réalité.

Comment qualifier la relation entre une mère et son enfant sans tomber dans les lieux communs ? Voilà à quoi je réfléchis depuis que j'ai vu *Voyage à Tokyo* du cinéaste japonais Ozu. Émue, je l'ai été jusqu'aux larmes par ce couple de vieillards qui laissent la maison à leur benjamine et entreprennent un long voyage pour rendre visite aux autres enfants, à Tokyo. Mais ceux-ci n'ont ni le désir ni le temps de s'occuper de leurs parents. Leur présence les dérange. Ils demanderont à une belle-sœur de s'en charger, puis les expédieront dans une station thermale à la mode. Les parents reviendront à l'improviste. On leur fera sentir qu'ils sont de trop, ils décideront de rentrer.

La mère vivra ses derniers moments peu après son retour chez elle. Les enfants viendront, mais retourneront le plus rapidement possible à Tokyo après les funérailles, sans compassion pour leur père. Seule la belle-fille lui consacrera quelques jours. Celle qui donne est précisément celle qui n'a rien reçu. Inconscience, ingratitude des enfants? Difficile de le nier. Pourtant, aucune morale dans le film, seule la peinture des faits. Les enfants se détachent des parents, ils ont leur propre vie, quoi de plus normal, fait remarquer la belle-fille à la benjamine, révoltée du comportement de sa sœur et de ses frères. Si le père est déçu, il ne le montre pas.

Nous avons tous quelque chose des enfants de *Voyage à Tokyo*. Ma mère l'avait accepté. Il en est ainsi depuis que les enfants n'ont plus à s'occuper de leurs parents jusqu'à leur mort. Alors, pourquoi de nos jours tient-on autant à avoir des enfants? Pourquoi certaines femmes sont-elles prêtes à recourir à la procréation assistée ou à l'adoption? La reproduction est inscrite au plus profond de nos gènes, et dans nos us et coutumes depuis le début des temps, bien sûr, mais cette réponse ne fait pas taire mes questions. Je continue à tourner autour de la force mystérieuse qui nous pousse à procréer, même si aujourd'hui la planète craque sous le poids de ses habitants. Est-ce la terreur de se retrouver seul au monde?

La relation entre la mère et l'enfant est une relation à la vie à la mort. Les amitiés, les affections, les sympathies, les complicités, les amours, on le sait, ne durent pas. Pas toute la vie. Le lien avec la mère trouve ses racines dans les premiers vagissements, les tétées, les petites maladies, les dents de lait. Dans notre préhistoire. Elle est indestructible, même dans l'incompréhension, l'agressivité ou la haine. On peut devenir indifférent à une personne qu'on a aimée, mais jamais à sa mère.

La mort de la mère, c'est un arrachement définitif à nos origines. Celle-ci ne pourra plus être tenue responsable de notre bonheur ni de notre malheur. Désormais, on devra assumer son propre destin. Cela, on le ressent au cimetière, un après-midi de novembre, dans l'odeur des chrysanthèmes.

Elle n'est jamais montée dans un avion. N'a jamais vu la mer ni le désert. N'est jamais allée à Paris, comme elle l'avait tellement souhaité. J'ai voulu l'y emmener, après la mort de mon père, mais elle a refusé, elle se trouvait trop vieille. J'ai eu beau lui faire remarquer qu'on pouvait encore voyager à son âge, à preuve certaines de ses amies, peine perdue. Le soir, sous la mauvaise lumière du salon, elle me nommait les lieux qu'elle ne verrait jamais. La cathédrale Notre-Dame, la tour Eiffel, les Champs-Élysées, le Louvre. *Je préfère en rêver*, disait-elle. Elle avait choisi l'imagination plutôt que la réalité. Difficile de croire que, pendant la guerre, cette femme-là avait laissé sa ville natale pour s'installer pendant quatre ans à Toronto. Elle en était revenue pour se marier.

Toronto, c'était pour moi, quand j'étais petite, une immense ville avec un tramway, un bureau de l'American Opticle où avait travaillé ma mère, un Eaton, et des églises protestantes. Mais il y avait aussi des églises catholiques où on pouvait rencontrer des francophones le dimanche. Puis il y avait Marguerite, une Québécoise que ma mère avait connue là. Et Colette, une francophone de Sudbury, avec qui maman avait habité jusqu'à ce que son mari revienne de la guerre. Et puis Betty et Sydney, qui lui avaient loué une chambre. À Noël, ils nous envoyaient des cadeaux. Et ma mère leur postait aussi des cadeaux pour leurs enfants. Elle était particulièrement attachée à Douglas, l'aîné. Elle avait sans doute rêvé avoir un jour un petit garçon comme lui. Barbara, elle, était née l'année de son mariage.

Betty joignait à ses colis des photos en noir et blanc, maman les examinait en plissant les paupières, *Betty ne change pas*, affirmait-elle. Ou bien, *Elle a de beaux enfants*. Nos cousins du Québec ne jouaient plus avec nous depuis longtemps, ils étaient mariés. Nous étions ravis d'avoir des cousins de notre âge à Toronto. Je savais que ce n'étaient pas mes vrais cousins, mais ils faisaient partie de la famille puisque maman le disait. Dans le mot *famille*, on pouvait placer tous ceux qu'on aimait, même s'ils parlaient une autre langue, même s'ils n'étaient pas de la même religion que nous.

Des anglophones, ma mère en connaissait beaucoup à Sherbrooke. Des amies, d'anciennes compagnes de classe ou de travail. Et puis on saluait tous les jours notre voisin italien, et une autre voisine, portugaise celle-là, que maman aimait bien. S'ils ne faisaient pas partie de la famille, c'est qu'ils ne nous offraient pas de cadeaux à Noël, mais rien n'empêchait de les apprécier. Cette attitude était-elle propre aux francophones de notre ville ou seulement à ma mère? Je ne le sais pas. Son séjour de quatre ans à Toronto lui avait sûrement ouvert de nouveaux horizons.

Mais ma mère séparait son affection pour Toronto, pour les personnes qu'elle avait fréquentées là-bas, et ses convictions politiques. Elle a immédiatement adhéré à la vision de René Lévesque et son décès a été pour elle un choc. Elle avait perdu quelqu'un de sa famille, de sa famille politique, cette fois. Elle n'en a jamais vraiment fait le deuil, s'est mise à douter. La dernière année de sa vie, elle me demandait en regardant le journal télévisé dans sa chaise berçante, *Tu y crois encore, toi, à l'indépendance?*

Le monde avait changé. Ses enfants voyageaient de plus en plus, ils venaient lui rendre visite avec des amis d'Europe ou d'Amérique du Sud, elle s'habituait à voir son petit-fils aller en Afrique pour le travail, elle téléphonait régulièrement à son autre petit-fils en Chine. En raccrochant, elle disait, *Quand j'étais jeune, il n'y avait que les missionnaires qui allaient vivre là-bas.* La planète était maintenant au bout de son combiné blanc, elle n'en revenait pas. Qu'en pensait-elle, au fond? Elle accueillait le changement comme un état de fait, une évidence à laquelle il fallait s'habituer, il ne servait à rien de cultiver la nostalgie. Mais ses regrets refaisaient surface, certains soirs, sous la mauvaise lumière du salon, et elle disait alors, un trémolo dans la voix, *C'était le bon temps.*

Le bon temps, pour elle, se transportait de période en période selon les conversations, mais toujours il était rattaché à sa vie de femme mariée. Il comprenait parfois l'époque où nous étions enfants, parfois notre adolescence, parfois les années où elle gardait ses petits-enfants, parfois celles où mon père vivait, ou encore celles où le Québec était en pleine effervescence. Je ne l'ai jamais entendue dire, *C'était le bon temps,* quand elle parlait de son enfance ou de son séjour à Toronto. Elle aimait bien raconter ses mauvais coups avec ses cousines à Nicolet, ses promenades sur la rue Yonge et la visite de son oncle Arthur au bureau de Toronto, qui avait créé tout un émoi avec son manteau de chat sauvage.

Elle ne semblait pas éprouver de tristesse en évoquant ces périodes-là de sa vie, comme si elles avaient appartenu à un temps déterminé à l'avance, clairement encadré par un commencement et une fin. Mais il lui paraissait anormal que ses enfants et ses petits-enfants aient grandi, que mon père soit mort, et René Lévesque aussi. La maison, Sherbrooke et le Québec étaient pour elle des poupées russes, ils s'emboîtaient les uns dans les autres, tenaient d'une même réalité protégée, sans risque de plonger dans l'abîme. Au fond, peu lui importait Paris, la mer tranquille de Cuba ou les grosses vagues du Pacifique, le désert du Sahara ou l'aridité de l'Arizona. L'oiseau bleu était dans son jardin, comme dans le conte.

Vous voyagez pour moi, nous disait-elle quand nous nous préparions à partir, soulagée de n'avoir pas à faire ses bagages. Plus le temps passait, plus c'était un arrachement de quitter son appartement, même pour quelques heures, essayait-elle de m'expliquer. Comme si un désastre pouvait survenir durant son absence. Quel étau s'était refermé lentement sur elle? Sans doute remarquait-elle ma mine perplexe, car elle ajoutait aussitôt, *Tu verras toi aussi quand tu auras mon âge.* Mais c'était venu bien avant, c'était venu avec son mariage, avec notre arrivée à nous, ses enfants. Elle ne voyageait plus, sauf quand nous allions à Montréal ou à Saint-Antoine, chez nos oncles. Elle n'est jamais retournée à Toronto.

Moi, je collectionne les noms de personnes qui sont restées actives jusque dans leur grande vieillesse, Jean Rouch, Simone de Beauvoir, Claire Martin, Raymond Klibansky, Nathalie Sarraute. Des professeurs, des intellectuels, des artistes, des écrivains. Des personnes qui avaient une passion. Mais des vies comme celles-là demeurent interdites à la grande majorité des gens, tout particulièrement les mères. Comment éviter de se refermer?

La maternité demeure la pierre angulaire de la féminité, là où se confrontent les théories et la réalité, les idéaux et les accidents de la vie, les besoins de l'enfant et les limites de la mère. On n'en sort jamais indemne. On aura toujours un pincement au cœur en se choisissant au détriment de son enfant.

Mais ne jamais se choisir, c'est nécessairement en arriver à rétrécir ses horizons. Quel équilibre trouver entre l'amour pour soi-même et l'amour pour un enfant?

Une semaine après la mort de sa mère, Roland Barthes écrit dans son journal: «Beaucoup d'êtres m'aiment encore, mais désormais ma mort n'en tuerait aucun – et c'est là ce qui est nouveau.» Cette note m'a troublée, sans doute parce que ma mort à moi ou celle de mes frères n'aurait pas tué notre mère. Barthes avait-il été aimé plus que nous? Sa mère avait-elle moins de force que la nôtre? Ou y a-t-il une obligation de faire le deuil dans ma famille? Obligation ou permission?

Chaque fois que l'arrière-grand-mère Émilie perdait un enfant, elle s'enfermait dans sa chambre pour pleurer et restait là, seule, le temps qu'il lui fallait. Puis elle séchait ses larmes et reprenait sa vie là où elle l'avait laissée. Elle ne parlait plus de son enfant, disait-on. Et j'imaginais Émilie descendant l'escalier dans sa longue robe noire, les yeux rougis, mais son mouchoir désormais rangé dans sa manche. C'était plus qu'une anecdote, c'était la leçon qu'avait transmise Émilie à Léda, puis Léda à ma mère, puis à moi.

L'aveu de Roland Barthes, Albert Cohen aurait pu le faire, lui aussi, à la lumière de l'amour que lui portait sa mère. Mais une femme? Dans la mythologie, Déméter ne se remet pas de l'enlèvement par Hadès de sa fille Perséphone, mais elle ne se suicide pas pour autant. Elle obtiendra de Zeus que sa fille revienne passer neuf mois de l'année avec elle. Les autres mois, elle restera dans les Enfers, avec son époux. Solution de compromis, on apprend à partager, les deux déesses semblent s'en accommoder. Une vie commune aurait été impossible douze mois par année. Une femme peut-elle avoir avec sa mère une relation aussi symbiotique qu'un homme?

Sa mère, Barthes ne l'a jamais quittée. Leur amour tient d'une adulation qui s'inscrit bien au-delà de la relation sexuelle entre un homme et une femme. Barthes écrit le 27 octobre 1977: «Vous n'avez pas connu le corps de la Femme? – J'ai connu le corps de ma mère malade, puis mourante.» Une femme dira s'occuper de sa mère malade comme d'un enfant, elle deviendra la mère de sa mère. Ici, on est devant une relation passionnelle. Impossible d'envisager la mort de l'autre, tant pour la mère que pour le fils.

Pour pouvoir faire le deuil de sa mère, ne faut-il pas d'abord reconnaître qu'elle aurait survécu à notre propre mort? La vérité, c'est qu'on n'était pas tout pour elle. Elle avait un mari, d'autres enfants, des amies, elle ne s'intéressait pas sans cesse à la fillette qu'on était, elle s'occupait d'elle aussi, de ses désirs à elle. Tristesse de la mort, qui nous fait revivre trente, quarante, soixante ou même soixante-dix ans de petites et grandes infidélités. De petites et grandes humiliations. Tristesse et colère. Et on voudrait éviter la douleur?

Va jouer toute seule, j'ai autre chose à faire. Autre chose de mieux, de plus urgent, de plus important? On ne demande pas, on ne veut pas savoir. On met du baume sur la plaie comme on le peut, de toute façon elle se rouvrira dans une heure, on sera encore une fois devant la cruelle réalité. Est-il possible qu'une mère n'ait jamais blessé son fils? Ou y a-t-il des fils qui ont un rapport tellement fusionnel avec leur mère qu'ils ne ressentent pas ces blessures? La mort de la mère est alors une épreuve dont ils ne se remettront pas.

On n'était pas tout pour sa mère. Et elle n'était pas tout pour soi. Cette pensée provoque un pincement au cœur, et puis cette sensation se transforme et on devient tout à coup plus légère, on rit, on chante en écoutant de la musique, on danse, on prépare un bon repas, on boit un Campari soda, on fait l'amour comme à vingt ans, on joue avec son petit-fils, on caresse le chat, on va au théâtre ou au cinéma, on veut voir la dernière exposition au musée, on veut explorer le monde, on a de nouveau des intentions de bonheur.

On oublie sa mère pendant un moment, et on se sent heureuse. On imagine une femme de la fin du dix-neuvième siècle, comme Émilie, au moment précis où elle sort de sa chambre, s'engage dans le corridor, puis pose le pied dans l'escalier qui la conduit vers sa cuisine, les yeux rougis, mais le mouchoir rangé dans la manche de sa longue robe noire.

L'aïeule Émilie était un personnage de roman. Ma mère me la décrivait avec force détails, sa longue robe noire, son petit col blanc, et le grand-père, Louis, et la vieille maison familiale de trois étages, et ses filles célibataires, mes tantes Alexandrine et Rosa, qui l'aidaient à tenir maison, et la ville de Nicolet, sa cathédrale, son séminaire, les prêtres et les sœurs. Et le boulanger, M. Toupin, les fèves au lard qu'il préparait dans son four pour le dimanche matin, et l'accent de l'aïeule, qu'imitait ma mère en riant, *Va me chercher du pan chez M. Toupan.*

Ma mère aurait-elle voulu écrire? Elle n'en avait jamais rêvé sans doute. Mais elle avait donné un jour une conférence à la radio, m'a-t-elle confié, les joues toutes roses, une conférence sur Mme de Sévigné. J'étais restée béate d'admiration. Pourquoi Mme de Sévigné? Hasard, commande, désir personnel? Si, avant moi, c'était elle que l'écriture des femmes avait passionnée? Si elle avait écrit, elle serait devenue romancière, sûrement. À quelques reprises, j'ai voulu l'emmener à des lectures publiques auxquelles j'ai participé à Sherbrooke, question de la faire sortir de son appartement. Elle faisait la moue, la poésie ne l'intéressait pas. Pourtant, mon grand-père avait fréquenté des poètes de la ville, maman m'en parlait toujours avec fierté. Elle admirait aussi Jovette Bernier, qui habitait rue King, près de la Ire Avenue, et Alfred DesRochers. C'était donc ma poésie à moi qui ne l'intéressait pas. Pour me ménager, je ne lui ai jamais demandé pourquoi.

La vérité, je la devinais. Il est difficile pour une famille d'avoir un enfant qui écrit, écrit dans un genre littéraire près de l'autobiographie, comme c'est le cas de la poésie. Ma mère avait dû encaisser le coup quand j'ai publié mon premier recueil de poèmes, *La peau familière*. Même si je m'étais réfugiée derrière certaines constructions complexes de la modernité, elle savait lire, je parlais de mes origines, de ma difficulté à vivre, elle l'avait très bien saisi. Après réflexion, elle m'avait dit, *Tu as bien fait d'écrire ça si tu le penses vraiment*. Et nous n'en avons jamais reparlé. Au fond, elle devait envier sa grande amie Mariette, elle qui avait la chance d'avoir un fils artiste visuel. Rien de la famille ne transperçait dans ses œuvres.

Moi aussi, j'ai souvent envié M. G. de pouvoir poursuivre son travail sans avoir à se demander à chaque installation, à chaque exposition, si sa famille pourrait être blessée. J'aurais dû choisir un autre art, la peinture ou la musique. Comme plusieurs, j'ai commencé à écrire parce qu'écrire ne coûtait rien. Il y a toujours du papier et des crayons dans les familles les plus modestes, toujours des livres qu'on peut emprunter à la bibliothèque. Et il y avait une université à Sherbrooke où on pouvait étudier la littérature.

L'écrivain dans une famille, c'est celui par qui le scandale peut arriver. Chez nous, pas de meurtre, ni inceste, ni fraude, ni argent blanchi et déposé dans des paradis fiscaux. Seulement la vie, la vie qui laisse des cicatrices qu'on ne souhaite pas rouvrir. Impossible d'écrire si on ne s'aventure pas au cœur de ce qui nous a fait. J'ai toujours avancé comme une funambule sur le fil de la poésie. Blesser ma mère, voilà justement ce que je ne voulais pas. Sa mort serait une libération pour moi, je l'ai pensé.

À tort. Même morte, elle reste ma mère, elle sera ma mère pour l'éternité.

C'est avec la parution de mon premier roman que, pour elle, je suis devenue une auteure. *Ton livre*, disait-elle avec fierté, comme si je n'avais rien publié auparavant. La figure de l'écrivain est celle du romancier, on le sait. Et le roman demande moins d'efforts aux lecteurs que la poésie, et puis il y a des personnages, on peut décider de faire taire tout soupçon autobiographique. Ma mère a toujours voulu lire mes romans comme des œuvres sorties de ma pure imagination, même quand les faits du passé étaient à peine travestis.

Lors de la publication de *La Voie lactée*, je lui avais demandé si elle avait été remuée par certaines scènes. Elle n'a pas répondu, est tout de suite revenue à l'histoire, j'avais écrit un beau roman d'amour, voilà, une femme et un homme qui croient à la vie. J'ai baissé les bras, soulagée. J'ai été sans doute lâche, mais ma mère me donnait un beau prétexte pour ne plus m'inquiéter. Et c'est peut-être d'ailleurs ce qu'elle souhaitait. Elle s'était faite à l'idée que j'écrivais, et puis, de temps à autre, ma photo apparaissait dans le journal, ses amies lui téléphonaient, j'étais sa fille après tout, je ne lui faisais pas honte, ne vaut-il pas mieux une fille qui écrit qu'une fille qui braque les banques? Je me le suis souvent répété, en plaisantant, pour me rassurer.

Rassuré, on ne l'est jamais une fois pour toutes. *Tout comme elle*, en 2006, a fait ressurgir mon inquiétude. Je m'étais inspirée de lectures, de confidences, d'observations, mais j'avais une mère moi aussi, je ne pouvais en faire abstraction, et certains éléments de notre relation, minimes parfois, transparaissaient. Heureusement, ma mère n'a pas voulu venir voir le spectacle à Montréal, c'était trop loin, trop fatigant. Et je ne lui ai pas donné le livre. Certains tableaux sont durs, celui par exemple où la fille s'ennuie auprès de sa vieille mère, où ses os craquent à force d'ennui. Comment nier qu'il m'est arrivé de m'ennuyer sous la mauvaise lumière du salon? Mais un petit moment comme celui-là se trouve amplifié dans le texte, c'est le propre du théâtre de transformer un détail en événement dramatique.

Quelques mois plus tard, j'ai appris qu'elle avait commandé le livre à une librairie près de chez elle. Comparant son nom avec le mien, le libraire lui avait demandé si nous étions parentes. *C'est ma fille,* lui avait-elle répondu. Elle avait jugé bon de me le dire. Avait-elle eu du chagrin, s'était-elle demandé si je l'aimais, ou si elle avait été une bonne mère? Je n'ai pas été capable de lui poser directement la question. Je lui ai expliqué qu'il s'agissait de fiction, comme dans les romans, le texte passait par toutes les étapes de la séparation entre mère et fille, amour, colères, réconciliations. Je ne sais pas si elle m'a crue. Elle a changé de sujet de conversation, comme d'habitude, et je suis restée devant elle, en me répétant cette phrase de *Tout comme elle*: « Je n'ai jamais su comment lui parler. »

Tout comme ma mère, je ne sais pas parler. De qui cela nous vient-il? De Léda, ma grand-mère, ou d'Émilie, ou de sa mère, ou de la mère de sa mère? À moi de faire mes propres suppositions. J'aurai peut-être écrit pour parler à ma mère de ce que je n'arrivais pas à lui dire. De ce qu'elle ne voulait pas entendre. Et maintenant qu'elle n'est plus là, est-ce que je chercherai son oreille chez mes lecteurs et mes lectrices?

Soleil magique aujourd'hui malgré le froid intense, je réentends la voix rauque de ma mère au téléphone, *Si tu voyais le beau ciel bleu!* De mon rez-de-chaussée, je n'apercevais que les autos stationnées dans ma rue, mais elle, de son appartement au cinquième étage, elle pouvait admirer le ciel. Je pense à ma mère sereinement. Pas de boule dans l'estomac ni de tressaillements. Je me suis habituée à penser à elle comme à une morte, je suis bel et bien habituée à sa mort maintenant.

C'est peut-être que j'aimais ma mère d'un amour banal, sans éclat. J'ai honte, je ne suis pas digne du soleil qui éblouit la fenêtre, pas digne de ma mère. Elle méritait mieux que moi. Le deuil accompli nous laisse avec une mémoire tranquillisée, dit-on, mais je voudrais retrouver mon âme à vif. Je regrette la douleur des premiers mois du deuil, la douleur qui gardait ma mère vivante et me gardait vivante dans la vie de ma mère, comme quand j'étais enfant. Jubilation de la douleur envahissante, qui ne lâche pas. Mais je suis maintenant détachée de ma mère, me voilà grande, responsable, adulte, quelle tristesse !

Tristesse de n'être plus triste. Il y aurait de quoi en rire, mais je n'ai pas le sens de l'humour. Tout n'est donc pas perdu. Tout n'est pas perdu puisqu'au moindre soleil du matin je pense à ma mère. Ou plutôt, la pensée me vient sans que je ne l'appelle, elle fait son chemin, s'impose. Et, pendant quelques instants, je me réconcilie avec moi-même, je ne suis pas la femme légère, inconstante que je me croyais devenue, j'ai de nouveau une bonne image de moi. Je peux me rassurer, mon passé existe encore, mon passé me touche encore, je ne me sens pas en exil de moi-même. Je ne suis pas morte. Mais je sais maintenant que ma mère, elle, est morte. Je ne me dis plus jamais, *Je vais raconter ça à maman*, je ne pense plus lui téléphoner.

Tout de même, il se creuse un trou dans ma tête, un vide qui s'agrandit, s'agrandit, je le sens, ne peut pas se remplir. J'oublie. De petites choses, des riens, un courriel à envoyer, des vêtements à déposer chez le nettoyeur, les taxes à payer. Je flotte sur la ligne du temps humain, je me déplace entre la naissance et la mort, entre le passé de ma mère et mon avenir à moi, j'essaie d'apprivoiser l'idée de ma propre fin. Pourrai-je compter sur une longue vie? Sentiment d'urgence, il ne me reste peut-être que quelques années pour écrire, témoigner, transmettre ce qui m'importe. Quoi? Je ne sais pas, est-ce qu'on sait jamais ce qu'on transmettra?

Cette sensation de flottement fait-elle partie d'un travail normal de deuil? Je m'en fiche, je me fiche de savoir si je suis normale, si je réagis comme dans les livres. J'ai peur de m'enfoncer dans l'oubli, c'est à mon âge que commence l'Alzheimer, hier j'avais oublié mon numéro de téléphone cellulaire. Et je me suis répété, *Ce n'est pas si grave*. Je suis encore capable de penser à ma mère, ma mère comme elle était juste avant de mourir, ce n'est pas une mémoire si lointaine. Un an, seulement.

Je dis *oubli*, mais le mot ne convient pas. La réalité, c'est que la vie de tous les jours m'indiffère. Je ne parviens pas à me concentrer sur des tâches ennuyeuses ni sur la conversation courante avec mes voisines, je ne me souviens plus de ce que je lis, je dois recommencer un article ou un poème. Je souffre peut-être d'un déficit d'attention, j'étais toujours dans la lune à l'école primaire. Voilà, je retombe en enfance, ça m'inquiète, mais ça ne me déprime pas. Récemment, une amie m'a dit, à propos de mon deuil, *Tu sembles bien t'en sortir.* Je lui ai répondu, *Je m'étais préparée.* Et aussitôt, je me suis sentie stupide. Est-ce qu'on se prépare à la mort de sa mère ? On s'y attend, mais on ne s'y prépare jamais.

Je pense à elle, ma mère. Les premiers mois après sa mort, je me répétais, *Je pense à toi, maman,* comme si elle était encore parmi nous. Le moindre objet qui lui avait appartenu la ressuscitait, sa vieille machine à coudre, une couverture de laine, la tasse dans laquelle je buvais mon café lors de mes visites à Sherbrooke. Peu à peu, la machine à coudre, la couverture de laine, la tasse ont pris leur place chez moi et je ne m'étonne plus de les retrouver là, chaque matin. Mes pensées sont maintenant sans adresse, je pense à ma mère comme à une absente.

Je revois pourtant son nez, ses sourcils noirs, son sourire, les ruisseaux bleutés qui lui sillonnaient les mains. J'entends sa voix enrouée au téléphone, le matin, quand elle n'avait encore parlé à personne, et sa voix plus claire du soir, sous la mauvaise lumière du salon. Je me rappelle les expressions

Tout à coup, intacte, cette sensation que je ressentais quand j'allais dormir chez ma mère à Sherbrooke, dans la petite chambre qu'elle nous réservait à nous, ses enfants et ses petits-enfants. Sensation qu'il ne pouvait rien m'arriver sous les lourdes couvertures tissées à la main par sa grand-mère. Je me sentais protégée. Et je dormais comme dans mon lit de petite fille, c'était chaque fois le miracle. Et je me demandais pourquoi, alors que ma mère devenait de plus en plus fragile, je passais une nuit aussi paisible. Le matin, en ouvrant les yeux, je me disais, *Cette époque sera bientôt terminée.*

Jusqu'à maintenant, je n'avais pas repensé à ces moments de sérénité. Les dernières semaines de la vie de ma mère, il fallait tenir l'appartement à une température élevée, j'avais remplacé les couvertures de laine par des draps de coton et je ne dormais plus sur mes deux oreilles. Ma mère se levait la nuit, il fallait m'assurer qu'elle ne tombe pas. L'image de cette vieille femme dans le noir, dans sa robe de nuit rose élimée, devant sa marchette, a pris toute la place dans ma mémoire. Mais voici que reviennent maintenant mes souvenirs anciens. Voir définitivement ma mère comme une absente a du bon, il faut croire.

Car avant, avant la mémoire qui flanche, les anecdotes racontées mille fois, avant l'ACV, les problèmes de locomotion, notre inquiétude grandissante, ma mère aimait recréer autour d'elle de la douceur, du plaisir, un plaisir modeste, discret. Elle aimait manger, prendre sa tasse de thé, lire ses journaux, faire ses mots croisés, regarder les arbres, chercher des trèfles à quatre feuilles. Elle aimait les draps qui sentent la lavande, les bains chauds, les promenades le long de la rivière Saint-François. Avec elle, j'admirais les érables ou les saules, je rivais mes yeux au sol dès que j'apercevais une talle de trèfles. Et pourtant, je ressentais un malaise qui frôlait la mauvaise conscience. J'aurais dû employer ce temps précieux pour mes tâches, corriger des copies, lire un mémoire de maîtrise, préparer une communication.

Le lendemain, dans l'autobus qui me ramènerait à Montréal, je reprendrais mon travail, rassurée. Les étudiants, les conférences, les articles, les réunions, j'étais toujours débordée, j'avais une importance dans la vie des autres. La pensée de devenir un jour désœuvrée m'effrayait. Je comprenais ma mère quand elle disait, *On veut se sentir utile*, même si elle appréciait la douceur. Après avoir travaillé jusqu'à trente-quatre ans, élevé trois enfants, gardé sa mère jusqu'à sa mort, puis ses petits-enfants pendant les vacances, elle avait du mal à accepter que plus personne n'ait besoin d'elle.

À quatre-vingt-dix ans passés, elle continuait à faire de petites courses pour ses amies, les accompagnait à la banque ou chez le médecin. *Je suis encore capable d'aider les autres*, disait-elle d'une voix joyeuse au téléphone, ces soirs-là. Et puis peu à peu les amies ont pris le chemin de l'hôpital ou du salon funéraire, elle-même devenait plus casanière et, depuis sa fracture à l'épaule, nous ne voulions plus qu'elle s'éloigne de son appartement, c'est elle qui aurait désormais besoin de nous. Elle en était consciente, et humiliée.

Si tu savais comme il est difficile d'être constamment dépendante des autres, m'avait confié un soir une amie quadriplégique. C'est précisément ce que ma mère ressentait au plus profond d'elle-même. Jusqu'à la fin, elle s'est rebiffée quand l'un de nous cuisinait, faisait la vaisselle ou rangeait les aliments. Elle qui ne nous avait jamais supportés dans sa cuisine n'avait plus le choix, nous ne lui obéissions plus. Elle n'était pas dupe des stratagèmes que nous employions pour l'occuper pendant ces petites tâches. Vieillir, c'est perdre son indépendance, se soumettre à la volonté de ses enfants. Même si ceux-ci sont de bonne foi, est-ce qu'on l'accepte jamais?

La vieillesse, elle en parlait parfois, les dernières années, sous la mauvaise lumière du salon. Ce n'était pas pour elle une déchéance. Elle ne souffrait pas, presque pas, malgré les doigts de plus en plus crochus. Mais elle me montrait son visage, ses bras, son ventre. Elle portait un foulard pour cacher son cou flétri, elle ne comprenait pas les femmes qui prenaient du soleil en maillot de bain, à la piscine de la résidence.

Pas une déchéance, la vieillesse, pas un naufrage, non, mais une humiliation progressive, une dépossession de soi que, à défaut de pouvoir arrêter, il faut retarder. Ce que j'ai longtemps vu comme du déni, chez ma mère, je le vois maintenant comme un art de la ruse. Faire semblant, ne pas s'avouer qu'on perd des forces, c'est peut-être ce qu'on peut appeler *savoir vieillir*. Pour vivre jusqu'à un âge très avancé, ne doit-on pas refuser de lâcher prise ? Défier le bon sens, contre toute logique ?

Cette volonté farouche, ma mère la possédait. Me l'a-t-elle léguée à moi ? Impossible de le savoir avant d'entendre cette petite voix qui m'enjoindra un jour de plier devant l'évidence. Ma mère a rusé tant qu'elle a pu mais, quand elle s'est retrouvée devant le grand mur noir, une nuit glaciale de décembre, elle ne s'est pas battue. Elle s'est laissée glisser dans son dernier sommeil.

L'agonie de ma mère. Dans la nuit silencieuse d'une chambre au bout du corridor. Mon père, lui, a traversé l'abîme un soir de mai, la journée avait été éblouissante, soleil, douceur, oiseaux, je me souviens, le crépuscule semblait tiré d'une brochure de voyage. Mourir subitement un soir comme celui-là ? La grande faucheuse se présente à n'importe quel moment, mais je n'ai pas retenu la leçon. Ma mère était alors en pleine santé, elle nous promettait de vivre plus vieille que sa grand-mère Émilie. Et elle a respecté sa promesse, elle a vécu cinq ans de plus qu'elle. Et vingt-cinq ans de plus que mon père.

Mon père et ma mère appartenaient à deux planètes distinctes. Toute petite, je l'ai bien senti. Instruction, langage, manières, façon de s'habiller, ma mère venait d'un milieu cultivé, alors que mon père, lui, avait été laissé à lui-même. Personne à accuser, seulement la cruauté du sort, la mauvaise médecine de l'époque qui laisse mourir les mamans, l'orphelinat, le travail dur dans les fermes, le manque d'amour, le manque de soins, le manque de tout. Une enfance de mélodrame. Mais mon père ne se plaignait jamais. À peine nous a-t-il raconté qu'un jour, à l'orphelinat, on l'avait battu si fort qu'il avait été un certain temps sans pouvoir s'asseoir. Quel âge avait-il? Je ne sais pas grand-chose de mon père, je veux dire avant qu'il devienne notre père.

Ma mère, elle, avait séparé le présent du passé. Mon père avait maintenant une femme, une maison, des enfants, il fallait oublier. Elle l'a toujours soutenu, défendu. Elle l'aimait. L'amour de ma mère pour mon père, je l'ai compris quand une connaissance de maman est venue lui rendre visite. Intarissable, elle racontait ses multiples voyages, les cadeaux que lui offrait son mari, les vacances à la mer, les grosses automobiles, tout ce que ma mère n'avait jamais eu. Quand la femme lui a posé une question à propos de son mari, ma mère est allée chercher la photo de mon père dans sa chambre, l'a tendue à la visiteuse, qui s'est exclamée, *C'était vraiment un bel homme*. Ma mère a repris la photo, l'a regardée pendant quelques instants d'un air rêveur. Elle, elle n'avait pas fait de voyages, n'avait jamais pu emmener ses enfants à la mer, n'avait pas eu de grosses voitures, mais elle avait vécu avec un bel homme. Elle avait eu l'essentiel.

Ma mère, un soir, m'avait confié en riant, sous la mauvaise lumière du salon, que le plus important pour un couple, c'était le désir. Avec le reste, on pouvait toujours composer. On ne pense pas différemment aujourd'hui. Elle était préparée aux soubresauts amoureux de la Révolution tranquille. Elle ne m'a jamais fait de reproches lors de mes séparations. Mon père, oui. Lui, il croyait au mariage. Il continuait d'aller à la messe même si ma mère n'y allait plus, parfois au Salut le soir, il se retirait dans la salle à manger pour égrener son chapelet, quand nous vivions dans la vieille maison de la 1ʳᵉ Avenue Nord. Je me sentais de plus en plus loin de lui.

Les femmes se sont montrées généralement plus ouvertes que les hommes aux idées nouvelles, union libre, séparation, avortement ou homosexualité, je l'ai souvent remarqué autour de moi. Sans doute parce qu'elles étaient plus près de leurs enfants, voulaient à tout prix le rester. Mon père avait ses convictions, mais il ne jouait pas les patriarches, ne m'interdisait pas de sortir le soir ni d'aller camper avec des amis. Un jour où je m'apprêtais à partir pour quelques jours avec mon copain, il m'a dit, *Fais attention, ne reviens pas enceinte.* Nous avions des parents âgés, mais ils se comportaient mieux avec nous que beaucoup d'autres parents plus jeunes qu'eux. Ils s'entendaient sur l'éducation à nous donner.

Le désir, la vision de l'éducation, voilà ce qui les rapprochait tous les deux. Mais pas seulement, l'actualité politique aussi, qu'ils suivaient passionnément. Les nouvelles à la radio matin, midi et soir, et puis le journal télévisé quand un appareil Admiral est entré dans le salon. C'était en 1960, les voisins en possédaient déjà depuis plusieurs années, mais mes parents avaient tenu à le payer comptant. Ils avaient peur d'acheter à crédit. *On ne sait jamais,* disait ma mère, encore accrochée aux images de la Crise. Ce qu'elle ne disait pas, parce qu'elle ne voulait sûrement pas se l'avouer, c'est que mon père pouvait tomber malade. De nouveau. Malgré de petits problèmes de santé, il a pu heureusement travailler jusqu'à la retraite.

On ménageait chez nous, mais ça n'empêchait pas ma mère de recevoir nos amis, de les garder pour les repas, elle aimait les gens, et mon père aussi. Ils ont même accueilli durant plusieurs jours un de mes amis en dépression. Ma mère considérait nos copains presque comme ses enfants. Elle consolait les peines d'amour, encourageait ceux et celles qui avaient des problèmes familiaux. C'était joyeux à la maison. Toutes ces images me sont revenues pendant ses funérailles, tant de nos camarades d'enfance et d'adolescence étaient là, avec l'impression, eux aussi, d'enterrer un passé lointain.

Si tu avais vu tout le monde qu'il y avait aux funérailles de ma grand-mère à Nicolet! me répétait souvent ma mère. Sa convivialité, elle la tenait d'elle. Émilie avait nourri des pensionnaires du petit séminaire durant des décennies, façon d'augmenter les revenus familiaux à une époque où les femmes ne travaillaient pas à l'extérieur. Le souvenir d'Émilie me revenait pendant le service funèbre de ma mère, elle aurait été ravie de voir tous ceux qui étaient venus pour elle. Cet hommage était le dernier témoignage de ce qu'elle avait accompli. Comme sa grand-mère.

Avant, quand ma mère était vivante, je n'essayais pas de rattacher les fils du présent à ceux du passé. Maintenant, j'identifie plus clairement les fragments que je lui ai dérobés. Et ceux que je n'ai pas pu prendre, et ceux dont je n'ai pas voulu. Mais il y a aussi les fragments invisibles, ceux que je ne reconnais pas, ne reconnaîtrai jamais. Ceux qui me viennent de ma grand-mère, de mon arrière-grand-mère, paroles, gestes, attitudes d'une lignée immémoriale de femmes. Mais aussi de son père, Bruno, et de sa lignée. Il y a tout ce que je ne saurai jamais de ce qui me traverse.

Mais je viens aussi de mon père, je porte en moi des fragments de lui. Quoi? Je ne me suis jamais posé cette question. Peut-être parce qu'il était coupé de sa lignée. Je n'ai jamais connu sa mère à lui, Louisa. À ma naissance, ma mère lui a dit, *On va l'appeler Louise, comme ta mère.* Il a dit oui. Louise, comme sa mère. Je viens aussi d'une femme qui a laissé derrière elle cinq enfants, une morte dont mon père ne se rappelait plus les traits. Je voudrais maintenant savoir qui était ma grand-mère Louisa, et le grand-père Toussaint, et leurs mères dont je ne sais même pas le nom. Il y a aussi tout ce que je ne saurai jamais de Léda, d'Émilie, d'Octavie. Et de Bruno. Pour moi, ma mère tenait lieu de rempart contre le vide. Sa mort me révèle maintenant l'immensité d'un trou qui ne sera jamais comblé.

Dans un roman, je pourrais donner corps à Louisa, je rêverais, j'écrirais que mon père a été ravi que je porte le prénom de sa mère, il la voyait ressusciter en moi, il me reconnaissait alors comme son enfant. Mais je n'écris pas un roman. Ce récit est celui du silence. Le silence de tout ce qui a été perdu, oublié, égaré dans la mémoire des générations. Silence du non-dit aussi. J'écris en gardant les yeux rivés sur ce qui restera éternellement dans l'ombre. Je m'efforce de réentendre la moindre phrase, la réplique la plus banale prononcée le soir, sous la mauvaise lumière du salon, comme si j'écoutais une bande magnétique que je souhaitais retranscrire fidèlement. Je les laisse faire doucement leur chemin en moi, je cherche à les interpréter, je deviens l'exégète d'un texte plein de trous transmis par ma mère.

Mais elle s'est aussi révélée par ses gestes, ses mimiques, ses agirs, ses tressaillements de voix, ses larmes, ses rires. Cette parole du silence, je l'ai toujours sous-estimée, moi qui suis pourtant venue à l'écriture par le biais du théâtre. J'essaie de comprendre ce qu'elle disait quand elle fronçait les sourcils, quand elle faisait une moue rêveuse, qu'elle ne finissait pas ses phrases. Comprendre ce qu'elle voulait me dire quand elle s'acharnait à ne rien dire.

Je consens maintenant à composer avec des zones d'ombre que je n'arriverai jamais à éclairer. Il faudra bien que je vive avec ce que je ne saurai jamais de ma mère ni de mon père, avec ce que je ne saurai jamais de moi. J'essaie de faire mien ce vers de Saint-Denys Garneau, que je n'avais jamais vraiment compris : « C'est là sans appui que je me repose. » La fin du deuil, ne serait-ce pas le sentiment de pouvoir vivre désormais sans appui ?

Entre ma mère et moi, un lien à jamais rompu. C'est ça, la mort. Je voudrais avoir mieux connu la femme qu'elle était, j'essaie encore de mettre des mots sur ce qu'elle ne m'a pas dit, comme si elle pouvait m'être redonnée, corps et âme. Les silences de ce récit n'ont rien à voir avec l'inexprimable qui fait son nid dans le poème. Rien, aucune musique, aucun chant ici ne peut venir transfigurer la douleur, du moins le temps de quelques vers. Elle suit patiemment son chemin, elle me force à revivre l'impuissance de la langue à ressusciter ma mère.

Dans le poème, n'y a-t-il pas le rêve secret de retrouver l'intimité du corps-à-corps avec elle, de nier la séparation première? La poésie pourrait répondre à mon besoin de consolation, mais pas ce récit, pas ce récit qui me place sans cesse devant la mort irrémédiable de ma mère, m'y placera jusqu'à la dernière lettre du dernier mot. Qu'y aura-t-il au bout de ce récit? Pas de consolation ni de compréhension. Seule l'aptitude à vivre adossée à l'abîme, sans désarroi ni détresse. J'admettrai alors que l'histoire de ma mère est terminée et, avec elle, une partie de mon histoire. Ce livre est en quelque sorte la construction de mon propre tombeau.

Mais, contrairement au Christ, je ne ressusciterai pas. Ce qui surviendra sera quelque chose d'infiniment petit, d'infiniment humble. Une mue, ou une reconstitution, comme les vers de terre capables de se régénérer après avoir été coupés en deux. Des morceaux de moi commencent à moins bien tenir, étrange sensation, se détacheront-ils d'eux-mêmes? Ou devrai-je m'amputer? Je ne sais pas qui je deviendrai. Mais je n'ai pas peur, je fais partie d'une lignée d'endeuillés, d'une lignée immémoriale d'hommes et de femmes qui marchent vers la mort et l'éprouvent au plus profond d'eux-mêmes.

Se reconnaître mortel, c'est lorgner du coin de l'œil le trou qui nous accueillera, mesurer le temps qui nous en sépare. On est forcé de se demander ce qui nous importe pour le reste de la vie. L'écriture, les voyages, l'amour? Plusieurs autour de moi ont rencontré l'amour après la mort de leur mère, d'autres ont mis fin à des relations tièdes. Certaines femmes ont décidé de donner naissance à des enfants. Le décès de la mère est un électrochoc qui peut nous paralyser ou nous pousser vers l'avant.

Je choisis de regarder devant. C'est ce que ma mère aurait fait. Mais, dans le cerveau, les frontières sont poreuses, il suffit d'une ancienne blessure qui refait surface, ou d'une vieille nostalgie, et le passé se réveille. Le deuil ressemblerait à ce jeu auquel j'ai tant joué dans mon enfance. Serpents et échelles. Si on s'arrête sur la case du serpent, on descend. Mais il y a aussi les échelles et on finit par arriver en haut, *Au ciel*. Voilà ce qu'on disait quand j'étais petite. La paix ne nous sera donc donnée qu'avec la mort?

Je suis entrée dans la conscience du temps qui fait lentement son œuvre. Les doigts moins souples, les examens médicaux plus fréquents, les trous de mémoire. C'est le début, seulement. Le processus, je le sais, est irrémédiable. *On se déglingue*, dit mon médecin, qui a lui aussi la soixantaine. À cet âge, ma mère le ressentait-elle, même si elle n'en parlait pas? Sûrement. Elle avait perdu ses parents, elle était rendue en première ligne, elle connaissait la suite des choses. À plus de quatre-vingts ans, elle s'est mise à répéter, *La vie passe si vite! On se voit jeune et, tout à coup, on se retrouve vieille.*

Bientôt, ce sera à mon tour de prononcer ces phrases. J'essaie d'arrêter les années, mais elles m'échappent et je dois courir, je cours de plus en plus vite. Parfois, je me vois au carmel, ou dans le désert, ou dans une tour près de la mer, je passe mes journées à contempler la lumière, les minutes qui s'écoulent, je retrouve un pouvoir sur le temps. Puis le présent ressurgit, minuscule, bête. Un coup de téléphone, une lettre à écrire, un compte à payer, et je laisse derrière moi mes vertiges. Si le deuil fait une entaille entre le passé et le présent, la réalité, elle, nous ramène à la ligne ininterrompue des jours aveugles. Je me retrouverai vieille moi aussi sans avoir vu la vie filer. Et, comme tous les vivants, je livrerai à mon agonie mon ultime combat. Aucun travail de deuil ne pourra jamais adoucir ma propre mort.

Le deuil fait-il accepter l'échec? Je n'ai rien de Zorba le Grec, je serais bien incapable de danser devant l'effondrement de mon rêve. Je revois ma mère, dans sa chaise berçante, se découper dans l'épaisseur de son silence, les dernières semaines avant sa mort. *C'est pas drôle*, disait-elle en pensant à ce qui l'attendait. Elle me regardait un instant, puis elle baissait les yeux, se taisait. Je pense aux personnages célèbres qui ont fait de l'humour sur leur lit de mort. La vie ne peut pas se conclure sur un mot d'esprit, on ne me le fera pas admettre. À moins de vouloir à ce point soigner sa dernière image qu'on en vienne à perdre toute lucidité.

Quelle aura été la dernière image de ma mère? Dans son lourd sommeil de morphine, est-ce qu'il lui venait encore des scènes du passé? Je voudrais croire qu'elle nous a vus tous réunis autour d'elle pour fêter une fois de plus le jour de l'an. Ou bien elle s'est retrouvée pendant un instant avec mon père, comme sur leur photo prise en 1948 à Toronto, avant leur mariage, quand ils marchaient côte à côte, amoureux. Ou elle était retournée à son enfance, avec son père et sa mère, sa petite sœur, ses poupées, ou alors à Nicolet, avec sa grand-mère. Mais sans doute a-t-elle été entourée doucement par un nuage opaque, aussi opaque que la nuit de ce 30 décembre, puisqu'elle est morte sans se plaindre, sans gémir, sans souffrir.

Sous l'effet de la morphine, on se fait voler sa mort, mais quelle solution peut-on trouver à cette terrible réalité, à moins de lorgner du côté de la vie éternelle? Certains croient à la cryogénie. Ma mère, elle, ne l'aurait pas souhaité, elle disait souvent, *Quand c'est fini, c'est fini.* Et je pense comme elle, la vie vaut la peine si on la vit avec les personnes qu'on aime. Je ne voudrais pas réapparaître deux siècles plus tard dans un monde complètement étranger, peut-être infernal. Je n'ai aucune confiance en la capacité d'évolution des bipèdes que nous sommes.

La mort est encore la meilleure solution pour ceux et celles qui n'ont pas une foi inconditionnelle en l'humanité.

Depuis trois jours, Montréal est d'une blancheur irréelle. Les branches des arbres ploient sous la neige, les automobiles sont recroquevillées au bord des trottoirs, seules les grandes artères sont déneigées. Même à pied, on a du mal à circuler. Et on pellette, on pellette, on n'en finit pas de pelleter. L'an dernier, à pareille heure, j'étais sur la route avec mon frère de Terrebonne, nous revenions de Québec, encore sous le choc. Ma mère venait de mourir. Hier, j'ai pensé à elle toute la journée, heure après heure, d'une manière quasi obsessive, et ce matin aussi, dès mon réveil. L'arrivée à l'hôpital, la tristesse de la voir dans le lit blanc, l'attente, la visite du médecin, le commencement de la longue veille, l'heure de la péritonite et celle de la morphine, l'apaisement, le sommeil, puis le sommeil éternel. Un an déjà. J'ai du mal à le croire.

J.-P. et moi avons décoré un sapin. Nous avons ajouté les trois panneaux de bois à la table de la salle à manger centenaire que j'ai rapportée de Sherbrooke. J'ai préparé une dinde, des petits pois, de la purée de pommes de terre. Il y a aussi des tourtières, des pains à salade, un plat d'olives et de betteraves. Ma fille a fait le ketchup que nous mangeons depuis que nous sommes petits. Le temps d'une journée, je voudrais que ma mère nous soit redonnée. Mais reproduire le menu qu'elle a préparé pendant soixante ans suffira-t-il à la faire ressusciter ?

Onze heures. L'an dernier, elle attendait à la morgue de l'hôpital, un corbillard s'apprêtait à aller la chercher à Québec. Elle était morte depuis bientôt neuf heures. Il faisait un froid de loup. Sur la route, nous regardions le paysage défiler par la fenêtre, nous parlions peu, mon frère et moi. J'essayais de mettre de l'ordre dans les événements des deux derniers jours. Ma conversation avec ma mère sur Skype. Elle était bien, elle avait souri en voyant ma vieille chatte, elle a toujours aimé les chats. Puis, à peine quelques minutes plus tard, un coup de téléphone de mon frère de Québec. Soudainement, maman avait commencé à avoir très mal, il avait demandé l'ambulance. On l'emmènerait à l'hôpital.

Et l'attente, le téléphone près de la main, les mauvaises nouvelles, il était inutile de l'opérer, il fallait se résoudre au pire. Et la valise faite à la hâte, le départ pour Québec.

J'attends ma famille. Je regarde par la fenêtre, j'espère que certains des voisins ont dégagé leur automobile du banc de neige, j'espère que tous pourront trouver à se stationner. Je m'inquiète, comme ma mère s'est si souvent inquiétée de la mauvaise température au jour de l'an. Nous nous retrouverons tous ensemble sans elle. Pour fêter la nouvelle année ou commémorer le premier anniversaire de sa mort? Qu'est-ce qui l'emportera, la tristesse ou la joie? Une fois de plus, je réentends ma mère, *Il ne faut pas se laisser aller.* Nous l'imiterons, encore une fois nous nous exercerons à la joie. Comme Marie-Amanda, dans *Le Survenant*, quand, la nuit de Noël, au moment du réveillon, elle installe sa fille à la place désormais vide de sa mère, Mathilde Beauchemin. Car « une feuille tombe de l'arbre, une autre la remplace », conclut Germaine Guèvremont. C'est la loi impitoyable de la nature, et nous, les humains, malgré toute notre science, nous ne pouvons y échapper.

Un monde me sépare de Marie-Amanda qui, même enceinte de son troisième enfant, travaille sans répit dans la maison. Je serais bien incapable de vivre la vie de cette femme née à la fin du dix-neuvième siècle, comme Léda et Louisa, mes deux grands-mères. Et pourtant, c'est vers elle que je me tourne aujourd'hui. Avec le temps, je me suis composé une famille imaginaire, personnages de romans ou de films, écrivains qui ont laissé au bord de ma route des phrases à méditer.

Derrière la fenêtre, l'érable est raide comme un cadavre, on a du mal à imaginer qu'il bruissait sous les feuilles l'été dernier, que d'autres les remplaceront au printemps. Mais heureusement, il renaîtra. C'est «la mort avec la vie dedans», comme l'écrit Madeleine Gagnon à propos de l'*Exultate, Jubilate* de Mozart. Voilà ce que je veux aujourd'hui, faire surgir la vie de la mort même, la susciter, la cultiver, la voir se déployer dans des plaisirs minuscules, odeurs, saveurs, gestes, rires, tendresse. Ne sommes-nous pas programmés pour la vie, comme toutes les espèces?

La vie, je la fabrique maintenant à partir de rien, malgré la tristesse, la tristesse avec la joie dedans.

La joie pour résister aux grands vents qui emportent tout sur leur passage. Même nous. Mais faut-il commencer à mourir avant la mort ? Je ne veux pas que ma lucidité me freine. Je veux garder mon élan, mon énergie, ma capacité de rebondir. Comme ma mère. La tristesse avec la joie dedans, est-ce que ce n'est pas aussi la mémoire avec l'oubli dedans, le bel oubli qui distrait un moment, allège, ouvre les yeux sur la beauté du paysage, permet de continuer la route malgré les fantômes autour ?

Nous ne parlerons pas de ma mère aujourd'hui. C'est ce qu'elle aurait voulu. Mais nous penserons à elle, je sais, chacun, chacune avec sa mémoire de la femme qu'elle a été. Si nous devions la décrire à tour de rôle, nous en ferions tous des portraits différents. Mes frères et moi, nous venons du même ventre, mais n'avons pas la même mère. Une seule femme en trois personnes, c'est le mystère de la maternité.

Bientôt, nous serons tous autour de la table, avec nos rires, nos conversations, nos anecdotes, comme les autres années. Parfois une vieille image d'elle, égarée entre deux phrases, et nos yeux un instant s'assombriront avant de s'illuminer de nouveau. Heureusement, il y aura mon petit-fils, il poussera des cris en recevant ses cadeaux, il nous rappellera l'enfance joyeuse que nous avons vécue avec notre mère. Elle sera là, au milieu de nous, comme une âme bienfaisante, ravie de nous voir réunis. Je nous regarderai, en train de boire et de manger, je me dirai que cette femme-là nous a donné la vie avec assez de lumière dedans pour lutter contre le noir.

C'est un bel héritage.

Accompagnements

Table des matières

Dans la même collection chez Héliotrope

SÉRIE « K »

Achevé d'imprimer le 29 septembre 2014
sur les presses de Marquis Imprimeur

Imprimé sur du papier Enviro 100% postconsommation
traité sans chlore, accrédité ÉcoLogo et fait à partir de biogaz.